Albin Rheinisch

Die Liebes-Botschaft

Lustspiel in vier Aufzügen

Albin Rheinisch

Die Liebes-Botschaft
Lustspiel in vier Aufzügen

ISBN/EAN: 9783743365179

Hergestellt in Europa, USA, Kanada, Australien, Japan

Cover: Foto ©Andreas Hilbeck / pixelio.de

Manufactured and distributed by brebook publishing software
(www.brebook.com)

Albin Rheinisch

Die Liebes-Botschaft

☞ **Manuscript.** ☜

Die

Liebes-Botſchaft.

Luſtſpiel in vier Aufzügen

von

Albin Rheiniſch.

Ausgabe für die Bühnen in der Einrichtung des Deutſchen
Theaters in Berlin.

Reg. London Stat. Hall.
Berlin 1887.

Für Amerika, Canada und Australien ist das Aufführungsrecht ausschließlich und allein durch meinen Vertreter, Herrn Direktor Heinrich Conried — 13. W. 42 d. Street New-York — zu erwerben.

Für Oesterreich=Ungarn beliebe man sich an meinen Vertreter, Herrn J. Wild, Wien, I., Friedrich=Straße 2, zu wenden.

Für Ungarn im Verlage des Herrn Nemes Ferenczy. — Alle Rechte vorbehalten.

Für Rußland und Polen im ausschließlichen Verlage der Buch= handlung Mellin & Meldner, Riga, und ist von derselben das Aufführungs= recht zu erwerben.

Nachdruck und Uebersetzung verboten.

Für Schweden, Norwegen und Finnland kann das Aufführungs= recht dieses Stückes nur durch Uebereinkunft mit meinem Rechtsvertreter Herrn Oscar Wijkander, Königl. Hof=Intendant, Stockholm, erworben werden.

Das Aufführungsrecht dieses Stückes für Dänemark kann nur durch die Königl. Hofmusikhandlung in Copenhagen erworben werden.

Nachdruck und Uebersetzung verboten.

Dieses Manuscript darf von dem Empfänger weder verkauft, noch ver= liehen, noch sonst irgendwie weitergegeben werden, bei Vermeidung der gericht= lichen Verfolgung wegen Mißbrauchs, und Schadloshaltung des Autors.

Felix Bloch,
bevollmächtigter Vertreter des Autors.

Perſonen:

Zum erſten Male aufgeführt am Deutſchen Theater in Berlin den 16. April 1886 in folgender Beſetzung.

———

Graf Fürſtenegg, Botſchafter . . .	Oskar Höcker.
Baron v Salinen, deſſen Neffe, erſter Secretair	Otto Sommerſtorff.
Freiherr v. Leers, Attaché	Franz Schönfeld.
Hauptmann Codron, Militair=Attaché . .	Julius Weſſels.
Horvath, Kanzler	Claudius Merten.
Cornelia Ferrer, Concert=Sängerin . . .	Anna Jürgens.
Friederike v. Zoës, deren Geſellſchafterin	Anna Schmiedt.
Albine Clodius, Pianiſtin	Eugenie Lenau.
Frau Samara	Clara Müller.
Tambow, Director des Orianda=Theaters	Georg Engels.
Nikolajewna	Marie Nawratka.
Felix, Diener	Max Häusler.
Ein Sudebnyj=Priſtau (Gerichtsvollzieher)	Robert Dietz.

Ort der Handlung: Petersburg.

Zeit: Das Jahr 1869.

Der 1. Akt ſpielt in dem Hôtel einer Botſchaft mit Deutſcher Geſchäftsſprache.

Der 2. Akt ſpielt in der Wohnung des Fräulein Ferrer.

Der 3. Akt ſpielt in der Wohnung des Fräulein Clodius.

Der 4. Akt ſpielt wieder in dem Hôtel der Botſchaft.

———

Erster Aufzug.

(Das Conferenzzimmer auf der Botschaft. — Renaissance in Silber=
grau mit Eichen=Möbeln. Blumenteppiche. Mitte der Bühne:
ein langer mit grünem Tuch ausgeschlagener Diplomatentisch, über
demselben hängt von oben eine zweiarmige Gaskrone; auf dem Tische:
Cuivre poli-Schreibzeug, Mappen mit Papieren, Akten, Depeschen=
kasten Wolff'sche Telegramme enthaltend, Couverts, großes Buch,
kleine Bücher, Feuerzeug, Aschenbecher, und in der Mitte sehr deut=
lich sichtbar eine elektrische Klingel. Linke Seite der Bühne:
erstes Feld: ein Sopha, ein Tisch, Sessel, ein Puff, an der Wand
Bilder; zweites Feld: ein Schreibtisch mit Büchern und Akten, ein
Papierkorb, an der Wand eine Landkarte und Haken für Depeschen,
drittes Feld: Thüre. Rechte Seite der Bühne: erstes Feld;
Fenster mit Vorhängen, zweites Feld: Papierkorb, Schreibtisch, Schreib=
zeug, Mappen u. s. w., drittes Feld: Thüre. Hintergrund: Mittel=
thüre; rechtes Feld: ein Tisch für Bücher, Zeitungen, Akten, an der
Wand Haken mit Zeitungen (darunter das Militair=Wochen=Blatt),
ein männliches Portrait, welches den Souverän des Landes vorstellt,
linkes Feld: an der Wand Kleiderhaken, ein Bücherschrank, eine
Fahne im Futteral.)

1. Scene.

Horvath (allein).

Horvath (sitzt am Mitteltisch damit beschäftigt, Wolff'sche
Depeschen zu ordnen, die er dann an einem Haken an der Wand
links aufspießt). Die Botschaften fangen bereits an, Auskunfts=
und Vermittlungsbureaux zu werden. Man soll aller Welt
Orden, Brillantringe, Busennadeln und Allerhöchste Anerkennungs=

schreiben verschaffen. Einen Tag um den andern kommen die Herren Schriftsteller, um ihre Trauerspiele und Gedichte und die Herren Componisten, um ihre Lieder, Oratorien und Cantaten unserem armen Monarchen zu widmen. Die Musiker sind die schlimmsten, die bringen immer Lieder und immer wieder dieselben Lieder. Das Heine'sche: „Du bist wie eine Blume" ist unserm bedauernswerthen Fürsten bereits zehnmal dedicirt worden: Die verschiedenen Compositionen unterscheiden sich nur durch die Betonung. Der Eine singt: „Du bist wie eine Blume!" Der Andere: „Du bist wie eine Blume!" Der Dritte: „Du bist wie eine Blume." (Geht wieder an den Mitteltisch.) Ich schwärme für's Musikdrama, nur weil man behauptet, es wird den Untergang der Musik herbeiführen. Dann werden auch die Componisten mit der Rosette (deutet auf's Knopfloch) aufhören.

2. Scene.

Horvath. Felix (tritt durch die Mittelthür ein mit einer Visitenkarte in der Hand).

Horvath. Ist noch Jemand gekommen? Die Sprechstunde für Leute, die „widmen", ist vorüber. Ich empfange heute keine Talente mehr.

Felix. Herr Kanzler, es ist eine Dame.

Horvath. Trägt sie Manuscripte oder Bücher unter dem Arm?

Felix. Nein — aber —

Horvath. Aber —?

Felix. Sie ist dennoch eine Künstlerin. Hier — ihre Karte. Die Dame behauptet: Freiherr von Leers kenne sie genau.

Horvath (liest). Albine Clodius, Pianistin — — Ah! Die Dame, welche unser Freiherr so angelegentlich empfohlen hat. — Ich lasse das Fräulein bitten, einzutreten.

Felix. Sehr wohl. (Oeffnet die Mittelthüre, läßt die Dame ein. Ab.)

3. Scene.

Horvath. Albine (tritt durch die Mittelthür ein).

Albine. Habe ich die Ehre, den Herrn Kanzler? — —

Horvath (verbeugt sich). Ja, ich stehe Ihnen zu Diensten, mein Fräulein.

Albine. Ist Freiherr von Leers bereits anwesend?

Horvath. Herr von Leers ist zwar noch nicht hier, aber er hat mich ersucht, Ihre Angelegenheit in die Hand zu nehmen.

Albine. Sie wissen bereits, worum es sich handelt?

Horvath. Das nicht. Wenn Sie so gütig sein wollten, mir mitzutheilen — (bedeutet ihr durch eine Handbewegung, Platz zu nehmen). Darf ich bitten?

Albine (setzt sich auf das Sopha links). Danke. — Sehen Sie, verehrter Herr Kanzler, ich bin — wie soll ich mich nur ausdrücken — eine Fee der Wohlthätigkeit.

Horvath. Ah, ich verstehe, Sie wünschen eine Matinée unter das Protectorat unserer Botschaft zu stellen?

Albine. Für diesmal nicht. Nächstens, wenn Sie gestatten, werde ich mir erlauben. — Die Angelegenheit, die mich hierherführt, ist folgende: ich besitze bereits die silberne Medaille mit der Schleife des Circolo (Tschirkolo) Frentano wie Sie sehen (öffnet ihr Jaquet, will ihm die Ordensbänder zeigen) und möchte mich nun noch um die Medaille für Kunst und Wissenschaft von San Marino bewerben. Sie begreifen, wir Künstlerinnen brauchen gesellschaftliches Ansehen, und eine Decoration hat immer moralischen Werth. Die Leute merken sofort, daß sie ein hervorragendes Talent vor sich haben. Wie hätte ich es nun anzustellen, um die Medaille von San Marino — —

Horvath. Haben Sie specielle Verdienste, die Sie zu einem Anspruch berechtigen?

Albine. Gewiß! Ich habe mich um den Italienischen Staat wiederholt verdient gemacht. Als der Vesub ausbrach, als der Po über seine Ufer trat, wurden auf meine Veranlassung musikalische Matinéen veranstaltet, — und ich habe stets persönlich mitgewirkt. (Steht auf, geht nach rechts an den Mitteltisch.) Ach wie oft habe ich schon zum Besten des italienischen Volkes „Eine Thräne" von Charles Voß vorgetragen. Die Kassenrapporte meiner Matinéen waren immer glänzend. (Tippt während des Gespräches unversehens auf den electrischen Apparat am Mitteltisch, sie erschrickt, denn man hört plötzlich klingeln, und ruft „Ah!" Felix, durch das Klingeln herbeigezogen, tritt durch die Mitte ein, Horvath winkt ihn lächelnd wieder hinaus.) Ich kann Ausweise vorlegen, Quittungen von den Behörden der Ueberschwemmungsgebiete, Recensionen, Anerkennungsschreiben.

Horvath. Schön — Schön! Das sind immerhin Rechtstitel.

Albine (setzt sich rechts an den Mitteltisch). Ich habe auch neulich für einen unglücklichen Spieler, der in Monte Carlo einen Selbstmordversuch machte, eine Soirée mit Collecte veranstaltet.

Horvath (lächelnd, setzt sich hinter den Mitteltisch). Dieser Fall schlägt schon mehr in das Gebiet der Privatwohlthätigkeit. — Nun vor allem mein Fräulein ist es erforderlich, daß Sie Ihre Verdienste zu Papier bringen. Sie könnten mir dieselben übrigens auch gleich in die Feder dictiren. Es genügt, wenn die Unterschrift Ihre Hand weist.

Albine. Ich danke: Ich werde meine Verdienste selbst aufschreiben. Man vergißt sonst leicht das Wichtigste. Ich muß erst in meinem Tagebuch nachsehen, da habe ich alle Wohlthätig= keits=Concerte notirt. (Steht auf).

Horvath (lächelnd, steht ebenfalls auf). Wie es beliebt, mein Fräulein. Das Verzeichniß Ihrer Verdienste um die Armen Italiens werde ich bei dem betreffenden diplomatischen Vertreter einreichen. Das ist der Weg, den wir einzuschlagen haben. Freiherr von Leers wird das Seine thun, damit Ihr Gesuch auf das Wirksamste befürwortet wird.

Albine. Ich danke, mein Herr, für Ihre Liebenswürdig= keit. (Will gehen und kehrt wieder zurück). Also Sie glauben, den unglücklichen Spieler von Monte Carlo soll ich weglassen?

Horvath. Mir scheint es passender.

Albine. Morgen trage ich beim Grafen Zuzurin am englischen Quai den großen Zapfenstreich von Spontini vor — ich spiele ihn nur mit den Fingerknöcheln. — Zum Schlusse mache ich eine Collecte. Der Ertrag ist zur Errichtung eines Observatoriums auf dem Aetna bestimmt. (Empfiehlt sich).

Horvath. Das dürfen Sie erwähnen.

Albine (im Abgehen, kommt wieder zurück). Noch eine Frage, Herr Kanzler. Giebt es unter den Prinzen Ihres Hofes nicht einen Componisten? Ich würde seine Werke recht gern öffentlich bekannt machen.

Horvath (lächelnd). Das verlohnt sich kaum der Mühe. Unsere Prinzen haben noch keine Orden, sondern bloß Busen= nadeln zu vergeben. (Albine ab durch die Mittelthüre).

4. Scene.
Lodron. Horvarth.

Lodron (ist Seite links eingetreten, geht rechts an seinen Schreibtisch). Sind wichtige Depeschen angekommen?

Horvath. Ein vertrauliches Circular an Exellenz — dann verschiedene Consularberichte von den Handelsstationen in Persien.

Lobron. Sind die Militairzeitungen schon eingetroffen?

Horvath. Ja, dort sind sie. (Zeigt nach rechts hinten).

Lobron (geht nach hinten, nimmt eine Zeitung, setzt sich wieder rechts an den Tisch. Sind Baron Salmen und Freiherr von Leers schon hier?

Horvath. Noch nicht. Es ist jetzt Saison, und da ist der Salon wichtiger als das Bureau.

5. Scene.

Lobron. Horvath. Leers.

Leers (durch die Mittelthür eintretend). Guten Morgen, Lobron, guten Morgen, lieber Herr Horvath! War Fräulein Clodius schon hier, jene Dame, die ich Ihnen gestern empfohlen habe?

Horvath. Ja, Herr von Leers, sie war hier.

Leers. Werden wir ihr nützen können? (Hat sich von hinten eine Zeitung genommen und setzt sich rechts an den Mitteltisch). Wie?

Horvath. Ich glaube.

Leers. Nehmen Sie sich ihrer recht eifrig an, lieber Herr Horvath. Sie ist eine geniale, ehrgeizige Künstlerin, — eine Lieblingsschülerin von Franz Liszt. (Sich plötzlich unterbrechend). Apropos! Haben Sie für mich die statistischen Berichte über die Getreide= und Weingrenze in Persien gesammelt?

Horvath. Wie werde ich so etwas vergessen! (Uebergiebt ihm ein kleines Paquet).

Leers (legt es rechts auf den Mitteltisch). Lieber Lobron, haben Sie schon gelesen? Der Marquis de Campo — fertil, den Sie bei den Manövern in Spanien kennen gelernt haben, ist nach London versetzt worden. (Zieht währenddem die Hand= schuhe aus, mustert sich in einem Taschenspiegel und ordnet seine Cravatte).

Lobron. Ja ich weiß, er ist zum Legationsrath avancirt. Es steht im Militair=Anzeiger.

6. Scene.

Vorige. Salmen.

Salmen (durch die Mittelthür eintretend). Guten Morgen! meine Herren. Mein lieber Herr Horvath, sind die Theater= zeitungen angekommen?

Horvath. Ja Herr Baron, sie liegen in Ihrem Arbeits=
zimmer.

Salmen. Sind auch neue Photographien von Schau=
spielerinnen und Sängerinnen eingetroffen?

Horvath. Zehn Cabinetbilder aus Nürnberg. (Zieht ein
Paquetchen aus der Tasche, übergiebt es Salmen und geht dann
durch die Mitte ab).

Salmen (sieht die Photographien der Reihe nach an: — setzt
sich links an seinem Schreibtisch, für sich). Sie ist nicht darunter!
— (Steckt die Photopraphien in die Brusttasche).

Leers. Wer Sie nicht genau kennt, Baron, müßte Sie für
den stillen Compagnon eines Theateragenten halten. Was hat
es denn mit Ihrer geheimnißvollen Photographiensammlung für
eine Bewandtniß?

Lobron. Ich wette, ihm ist eine tragische Liebhaberin
durchgebrannt und hat aus genialer Vergeßlichkeit seinen Familien=
schmuck mitgenommen. Er fahndet nun auf photographischem
Wege nach ihrem Aufenthaltsort.

Salmen. Welche Vermuthungen! Sie müssen seltsame
Erfahrungen mit tragischen Liebhaberinnen gemacht haben.

Leers. Nun, wenn es keine compromitirende Affaire ist,
theilen Sie uns dieselbe doch mit. Wir Diplomaten sind gewöhnt,
Geheimnisse zu bewahren. Schweigen ist unsere Standeseigen=
schaft, also — sprechen Sie!

Salmen. Der Anfang meiner Geschichte ist auch das Ende.
Ort der Handlung: Berlin. — Schauplatz: Ein photographisches
Atelier. Personen: eine junge reizende Dame und ich. Ich
hatte die Fremde schon wiederholt in der Oper getroffen und
war durch den Liebreiz ihrer Erscheinung mächtig angezogen
worden. Eines Abends war ich neben die Loge zu sitzen gekommen,
in der sie mit einer allerliebsten Begleiterin Platz genommen
hatte. Ich hörte sie während dreier Zwischenakte plaudern. Ihre
geistvolle Conversation entzückte mich. Nach der Vorstellung
gab ich meinem Kutscher den Befehl, ihrer Droschke zu folgen.
Der Dummkopf verlor sie in dem Gedränge aus den Augen.
Ich war verzweifelt, untröstlich. — Nun, diese bezaubernde Dame
fand ich plötzlich wieder in einem photographischen Atelier.
Eine alte Commerzienräthin ließ sich grade photographieren.
Fortwährend mußten neue Aufnahmen gemacht werden, kein Bild
dünkte ihr ähnlich. Ich und die schöne Fremde mußten in Folge

deſſen über eine Stunde warten. Das war die Schicksals-Stunde meines Lebens.

Lobron. Wer war die Dame?

Salmen. Allem Anſcheine nach eine Dame vom Theater — ob Schauſpielerin oder Sängerin konnte ich nicht erfahren — Sie war ſehr zurückhaltend. Als der Photograph ihre Aufnahme beendet hatte, wobei ich als Geſellſchafter zugegen war, geleitete ich ſie ehrerbietig zur Thür, ſie grüßte vornehm und ſagte, mich ſcharf anblickend: „Sie verſprechen es, Sie folgen mir nicht? Ihr Wunſch iſt mir Befehl, antwortete ich, indem ich mich tief verbeugte. Sie ſah mich noch dankend mit einem flüchtigen Blick an — und ging.

Leers. Sie haben keine Erfahrung, Baron. Ich hätte darauf beſtanden, ſie bis zum Wagen zu begleiten, hätte mir die Nummer des Kutſchers notirt, und von ihm ſpäter leicht erfahren, vor welchem Hauſe er die Dame abgeſetzt hat.

Salmen. Ich hatte einen anderen Plan. Kaum war meine Fremde fort, ſo eilte ich in das Atelier des Photographen und fragte, wo ihre Wohnung ſei. Er antwortete: „Ich weiß es nicht. Sie hat ihre Adreſſe nicht zurückgelaſſen; die Bilder werden nicht zugeſchickt, ſondern abgeholt.“ Ich beſchwor ihn die Perſon, welche erſcheinen würde, um die Bilder in Empfang zu nehmen, zu beſtechen … für jeden Preis, damit ſie die Wohnung meiner Unbekannten verrathe. Er verſprach es; ich entfernte mich überglücklich, des Erfolges meiner Liſt ſicher. Es kam jedoch anders. Als ich an einem der nächſten Tage den Photographen aufſuchte, empfing er mich achſelzuckend und ſagte: „Unſer Plan iſt mißglückt; die Dame mochte errathen haben, was Sie beab-ſichtigen. Sie kam ſelbſt, um die Bilder zu holen. Ich habe ſeitdem meine Unbekannte nicht wiedergeſehen. Einen einzigen Troſt vermochte mir der Photograph zu bieten, — er machte von der Platte ihrer Bilder einen Abzug.

Lobron. Die Dame imponirt mir. Es iſt ein Akt des Heroismus, einem hübſchen Jungen, wie Sie es ſind, hartnäckig aus dem Wege zu gehen.

Leers. Aber zum Kuckuk, was hat dieſe Geſchichte mit Ihrer Manie Photographien zu ſammeln zu ſchaffen.

Salmen. Da ich vermuthe, daß meine Unbekannte Künſtlerin iſt, laſſe ich die Photographien aller Schauſpielerinnen und Sängerinnen von ſämmtlichen Theatern Deutſchlands aufkaufen, in der Hoffnung, auf diese Art einmal ihr Portrait zu finden. Weiß ich erst, wo sie engagirt ist, dann nehme ich sofort Urlaub.

Lodron. Suchen Sie nicht weiter, mein Theurer, Ihre Fremde ist zu brav und anständig, um unglücklich gemacht zu werden.

Salmen. Freilich! Ich will sie suchen, bis an das Ende der Welt, und wenn ich sie gefunden —

Lodron. Dann heirathe ich sie. (Steht auf, holt sich eine andre Zeitung).

Salmen (legt sich Papier zurecht, geht nach links an den Schreibtisch). Danke, das will ich selber besorgen.

Leers. Sie haben bis jetzt nur unter Sängerinnen und Schauspielerinnen gesucht; am Ende ist sie beim Ballet.

Lodron. Beim Ballet? Bei dieser Abneigung, Herrenbekanntschaften zu machen.

Salmen (beginnt zu schreiben). Mein lieber Leers. Weshalb vermuthen Sie, daß meine Unbekannte beim Ballet sein könnte?

Leers. Das ist der natürliche Instinct des Theaterpraktikers. Sie sind Ihrer Unbekannten mit Poesie entgegengekommen, da zog sie sich eilig zurück. Was ergiebt sich daraus? — Sie war enttäuscht — sie sagte sich: Von diesem Herrn bekomme ich höchstens Friedrich von Schiller's gesammelte Werke zum Geschenk. Wer jedoch so raisonirt, ist vom Ballet.

Salmen (im Schreiben innehaltend, lächelnd zu Lodron). Er macht sich über mich lustig.

Leers. Auch ich schwärme mit Künstlerinnen von poetischen Scenerien, allein dabei giebt es immer zu essen. Ich begeistere mich z. B. für schattige Gärten — nebenbei erwähne ich, wie hübsch sich's darin in der Mittagshitze dinirt. Ich entzücke mich für Sommernächte und erwähne nebenbei, daß ich bei Vollmond gerne Soupers im Freien arrangire. Ich phantasire von einsamen Waldpartien; gleichzeitig führe ich an, daß ich einen äußerst praktisch eingerichteten Wagen besitze, in welchem sich ein Speisekasten und ein Flaschenkeller unterbringen läßt. Diese Art der Unterhaltung reizt, mein Verehrter, sie erweckt

Salmen. Appetit?

Leers (fortfahrend). Ja! Das auch, aber vor allem Neugierde und Zuneigung. (Tritt an's Fenster). Himmel, was für reizende Damen kommen da vorgefahren.

Lodron (hinzutretend). In der That, es sind zwei sehr

interessante Erscheinungen, die Eine sanft wie eine Taube, die Andere lebhaft wie eine Bachstelze. Gilt der Besuch uns? Was mögen sie wohl hier zu thun haben?

Leers. Kommen Sie doch her, Salmen. Die Sanfte ist eine leibhaftige Cousine der Venus von Milo.

Salmen (ohne beim Schreiben aufzusehen). Ich danke! Seitdem ich meine Unbekannte gesehen, sind mir alle Frauen gleichgültig.

Leers (zum Fenster hinausblickend). Sie scheinen sich mit dem Kutscher nicht verständigen zu können.

Lobron. Die Damen verstehen wahrscheinlich nicht russisch und der Kutscher spricht nur russisch. Doch die Lebhafte weiß sich zu helfen. Sie zieht — ein kleines Wörterbuch aus der Tasche, — welch' anmuthige Bewegungen! . .

Leers. Haha! Der Kutscher macht ein Zeichen, daß er nicht lesen kann. Ich bin begierig, was sie nun beginnen werden.

Lobron. Sonderbar! Die Lebhafte zählt Geld auf ihre linke Hand. Der Kutscher langt darnach, allein sie zieht die Hand immer wieder zurück. Ah — ich begreife! — sie giebt ihm zu verstehen, er soll in Münzen vorzählen, wie viel er zu bekommen hat.

Salmen. Kein übler Einfall.

Lobron. Neue Berathung.

Salmen. Was hat die zu bedeuten?

Lobron. Die Damen haben vermuthlich ihre Pässe verloren, und es fehlt ihnen der Muth, uns unter die Augen zu treten.

Leers (geht vom Fenster weg). Wie? Mit solch' liebreizenden Gesichtern wagen sie sich nicht herauf? Wir wollen sie auf den Knien empfangen und ihnen mit goldener Feder und himmelblauer Tinte auf rosa Papier neue Pässe ausfertigen.

Lobron. Merkwürdig! Gerade die Entschlossene bleibt im Wagen sitzen und die Sanfte kommt zu uns herauf.

Leers. Gebe der Himmel, daß sie in mein Ressort gehört.

7. Scene.
Vorige. Felix.

Felix (durch die Mitte eintretend). Herr Baron von Salmen, eine Dame verlangt Sie zu sprechen. (Uebergiebt ihm eine Karte.)

Salmen. Mich?

Felix. Ja, den ersten Secretair der Botschaft.

Salmen (liest die Karte). „Cornelia Ferrer, Sängerin."
— Ah eine Künstlerin! Ich lasse die Dame bitten, einzutreten.

Felix (durch die Mitte ab).

Leers. Sollen wir uns entfernen?

Lodron. Selbstverständlich! Die Dame kommt möglicher=
weise in discreten Angelegenheiten.

Leers (zu Salmen). Ich werde später hereinkommen, um
Depeschen von der Wand zu nehmen. Stellen Sie mich dann
der Dame vor. — Ja?

Salmen. Recht gern! — Sie wissen — mich interessirt
nur meine Unbekannte.

Leers. Ich gehe und will inzwischen im Nebenzimmer das
Project zu einem Souper aus persischen Naturproducten ent=
werfen. (Ab Seite rechts.)

Lodron (geht an's Fenster und sieht hinaus). Es scheint,
Fräulein Ferrer läßt ihre Begleiterin im Wagen warten. Bei
dieser Kälte! Ich will die Arme auffordern, gleichfalls herauf=
zukommen. (Schreitet auf die Thür im Hintergrunde zu. In dem
Augenblicke, wo er die Hand auf die Klinke legen will, öffnet sich
die Thüre und Cornelia, von Horvath geleitet, tritt ein. Lodron
macht ihr eine tiefe Verbeugung.)

8. Scene.

Cornelia. Horvath. Salmen. Lodron.

Lodron (zu Cornelia). Mein Fräulein! Die Dame im
Wagen unten ist wohl Ihre Begleiterin?

Cornelia (an der Thüre zu Lodron, während Salmen am
Pult gelehnt, ihr nicht gleich sichtbar wird). Allerdings! Meine
Gesellschafterin.

Lodron. Ich werde mir erlauben, sie herauf zu bitten?!

Cornelia. Sie sind sehr liebenswürdig, mein Herr! Ich
danke Ihnen.

Lodron (verbeugt sich tief und geht ab).

Horvath (zu Cornelia, deutet mit der Hand auf Salmen).
Das ist der erste Secretair, Herr Baron von Salmen. (Durch
die Mitte ab.)

9. Scene.

Cornelia. Salmen.

Zugleich. { Salmen (für sich). Meine Unbekannte! (Lange
{ Cornelia. Himmel! Welche Ueberraschung! Pause.)

Salmen (verbeugt sich sehr tief). Mein Fräulein, wenn ich
nicht irre, sind wir uns nicht fremd.

Cornelia. In der That! Ich glaube mich zu erinnern, vor
einigen Wochen in Berlin — in einem photographischen Atelier —

Salmen. So ist es. Mein Fräulein, ich freue mich, daß
mir ein zweites Mal Gelegenheit gegeben wird, Ihnen Gesell=
schaft zu leisten. — Ich hatte schon in Berlin darauf gerechnet,
mich Ihnen irgendwo, vielleicht in einer uns Beiden befreundeten
Familie, officiell vorstellen zu lassen. Allein Sie verwischten
alle Ihre Spuren. Sie wollten nicht einmal, daß ich Ihre
Adresse erführe. Sie holten Ihre Photographien persönlich ab,
anstatt sie sich zuschicken zu lassen.

Cornelia (lächelnd, für sich). Wie? Er hat nach mir ge=
forscht? (Laut.) Ich war damals nur vorübergehend in Berlin.
Nach einigen Tagen reiste ich wieder ab.

Salmen. Ach, nun begreife ich, weshalb ich Sie nirgends
traf. Ich durchstreifte damals, da ich nur auf Urlaub in Berlin
war und Nichts zu thun hatte, alle Promenaden; ich besuchte
Abend für Abend drei, vier Theater, den zoologischen Garten,
den Ausstellungspark, die Flora, allein ich begegnete Ihnen nicht
wieder. Doch — entschuldigen Sie, mein Fräulein, daß ich aus
Freude über unsere Wiederbegegnung nach dem Zweck Ihres Hier=
herkommens zu fragen vergessen. Welcher glückliche Zufall hat Sie
denn nach Petersburg und in Petersburg auf die Botschaft geführt?

Cornelia. Es ist leider kein glücklicher, es ist ein unglück=
licher Zufall. Ein Engagement ist es. — Ein unseliger Agent
hat mich veranlaßt, nach Petersburg zu kommen. Er hat mich
in eine höchst unerquickliche Lage gebracht.

Salmen (mit Humor). Die Sie zwingt, sich an die Bot=
schaft zu wenden? Der Mann verdiente eigentlich eine Belohnung.
Doch ich bitte, erzählen Sie! Ich stelle Ihnen meinen ganzen
diplomatischen Einfluß zur Verfügung.

10. Scene.

Salmen. Cornelia. Leers.

Leers (von rechts eintretend, spielt bei seinem Eintritt den

Erstaunten). Die Herrschaften entschuldigen, wenn ich störe. Ich benöthige einiger Depeschen. (Macht Cornelia eine auffallend tiefe Verbeugung und schreitet auf die Wand rechts zu, von der er einige Depeschen nimmt.)

Salmen (bei Seite). O weh, den hatte ich ganz vergessen. (Vorstellend.) Freiherr von Leers, Attaché — Cornelia Ferrer, Sängerin.

Leers. Sehr erfreut, die Bekanntschaft einer Landsmännin zu machen, eines Sternes unserer vaterländischen Kunst.

Cornelia. Ah, Sie haben mich schon singen gehört?

Leers. Noch nicht, allein ich glaube, Sie dem Bilde nach zu kennen.

Salmen (bei Seite). Was hat er vor?

Cornelia. Ich zweifle. Wie kämen meine Bilder nach Petersburg; und hier wurde ich noch nicht photographirt. Ich bin erst vor einigen Tagen angekommen. (Steht auf, setzt sich gleich wieder.)

Leers. Das thut nichts zur Sache, mein Fräulein. Mein Freund, der Herr Baron, sammelt nämlich Photographien von Künstlerinnen und —

Salmen (bei Seite zu Leers). Mein lieber Leers, — ich bitte Sie. —

Leers. Gehen Sie doch, lieber Baron! Die Sache ist ja ganz harmlos. Unser Freund sammelt Photographien von Künstlerinnen. Er hat nämlich in einem Atelier in Berlin flüchtig eine Dame getroffen, die ihm jedoch wieder aus dem Gesicht kam. Da er glaubt, daß sie zum Theater gehört, so läßt er sich, um ihren Aufenthalt zu entdecken, von allen Bühnen die Photographien der engagirten Künstlerinnen schicken.

Cornelia (für sich). Ah!

Leers. Wenn ich nicht irre, sind auch Sie mein Fräulein in dieser Sammlung, und daher kenne ich Sie.

Salmen. Sie irren! Die Photographie des Fräulein Ferrer ist nicht in meinem Besitz.

Leers (mit Verwunderung). Nicht? — In der That? — Nun, dann hat Fräulein Ferrer eine auffallende Aehnlichkeit mit einer der Damen in Ihrem Album.

Cornelia (bei Seite, steht auf). Er hatte mich nicht vergessen?

Leers (bei Seite). Wie betroffen Beide sind! — Ich habe

den Baron geschickt unschädlich gemacht — (Holt die Depeschen links.)

Salmen (für sich). Er hat wider Willen für mich ge= sprochen. — Nun weiß sie auch aus fremdem Munde, wie lange ich mich für sie interessire.

Cornelia (sich mühsam fassend; Beide setzen sich). Herr Baron, wenn es Ihnen genehm ist, wollen wir jetzt auf die Angelegenheit übergehen, die mich hierher geführt.

Salmen. Ich bitte.

Leers. Ich möchte nicht indiskret sein. Wenn meine An= wesenheit vielleicht stört —

Cornelia. Keineswegs —! Es handelt sich nur um ein fatales Engagement. Ich erhielt nämlich von einem Agenten vor einiger Zeit den Antrag — (Lachen hinter der Scene von Frau von Zoës wird hörbar.)

11. Scene.

Vorige. Lodron. Zoës. Zuletzt Felix.

(Lodron öffnet die Mittelthür von außen und nöthigt durch eine Handbewegung Zoës einzutreten.)

Salmen (unwillig, für sich). Schon wieder eine Unter= brechung!

Leers. Es ist ebenso ärgerlich, wenn man beim Erzählen, als wenn man beim Essen unterbrochen wird.

Salmen (für sich). Ich will Ordre geben, daß Niemand mehr vorgelassen werde. (Drückt auf den Tischtelegraphen, man hört klingeln.)

Zoës (eintretend). Wann wird der nächste große Krieg ausbrechen, Herr Hauptmann?

Lodron. Das weiß der liebe Gott.

Zoës. Wie — Sie wissen es nicht? — Ich hatte mir die Diplomaten immer vorgestellt wie die Propheten des Alterthums. — Auf 100 Jahre errathen sie alles, was sich ereignen wird. Sie machen doch Kriege, — wie fangen Sie denn das an?

Lodron (lachend). Ich bin leider nicht in der Lage, darauf Bescheid zu geben, — vielleicht einer meiner Herren Collegen. (Vorstellend.) Baron Salmen — Freiherr von Leers — Frau von Zoës, Wittwe eines Kameraden. Weiß Einer der Herren, wie wir Kriege machen?

Salmen. Gnädige Frau! Sie verkennen die Diplomaten. Wir sind nur die Feuerwehrleute — nicht die Brandstifter der Weltgeschichte.

Felix (tritt durch die Mittelthür ein).

Salmen. Lassen Sie Niemanden vor, Felix, ehe ich Sie rufe.

Felix. Sehr wohl, gnädiger Herr! (Ab durch die Mitte).

Leers (zu v. Zoës). Meine Gnädige, Sie sind vermuthlich auch Künstlerin.

Zoës. Nein, ich bin nur der Impresario, die Gouvernante, der Rechtsbeistand des Fräulein Ferrer.

Cornelia. Mit einem Wort meine theure, aufopfernde Freundin.

Leers. O, die Gesellschafterinnen der Künstlerinnen sind die schwarzen Perlen unter den Freundinnen. Sie haben mich zwar immer schlimm behandelt — allein — ich verehre sie dennoch. Sie haben meine anonymen Billets unterschlagen, meine Bouquets zurückgeschickt, meinen Bedienten abgewiesen, ihre Freundinnen verleugnet und mich selbst mit der ausgesuchtesten Unliebenswürdigkeit empfangen. Allein wie gesagt, ich respectire sie. Sie sind die Schutzgeister des Talents.

Zoës. Ich besitze einige von den Schattenseiten, die Sie erwähnt. Besucher, welche meine Freundin vom Studium abhalten könnten, halte ich auch erbarmungslos fern, Alle.

Leers (für sich). Bei Gott, die Sängerin sieht aus wie ein Appetitsbissen à la Regence.

Salmen. Fräulein Ferrer, wollen Sie jetzt die Freundlichkeit haben, Ihre Angelegenheit vorzutragen.

12. Scene. 114

Vorige. Fürstenegg.

Fürstenegg (mit Papieren in der Hand, tritt durch die Mittelthür ein). Guten Tag, meine Herren, — sehr erwünscht, daß ich Sie beisammen treffe. Ich habe ihnen einen lithographirten, jedoch nicht zu schriftlicher Mittheilung bestimmten Bericht — (aus den Papieren aufblickend). Pardon! Ich störe wohl. Sie entschuldigen, meine Damen.

Salmen. Gestatten Excellenz! (Vorstellend). Fräulein Cornelia Ferrer — Frau von Zoës!

2

Fürstenegg (sich verbeugend). Bitte, incommodiren Sie sich nicht. — Gewiß Künstlerin?

Cornelia. Ja, Excellenz, ich bin Sängerin.

Fürstenegg. Sängerin? — So, so! (Verbindlich). Freut mich außerordentlich. Ich liebe die schönen Künste, namentlich die Musik. (Bei sich). Welch' edle Erscheinung! (Zu von Zoës). Sie gnädige Frau, sind wohl nicht —

Zoës. Nein, Excellenz, ich bin nicht Künstlerin, ich bin nur die Garbedame meiner Freundin.

Fürstenegg. So! So! Ich dachte mir es gleich, da Sie von Abel sind, daß Sie nicht zur Kunst gehören.

Zoës. Der Abel würde mich nicht hindern zu singen, aber die Stimme. —

Fürstenegg (bei sich). Eine ablige Gesellschafterin — (Laut). Vermuthlich wünschen die Damen unser Protectorat für ein Wohlthätigkeits-Concert?

Cornelia. Nein, Excellenz, ich komme wegen eines pein= lichen Conflictes mit einem hiesigen Theater=Director.

Fürstenegg. Wird dieser Conflict wohl in unsere Com= petenz fallen?

Cornelia. Ich hoffe! (Alle Anwesenden setzen sich links.)

Fürstenegg. Nun, mein verehrtes Fräulein, bitte, erzählen Sie die Sache — (Für sich). Ein reizendes Geschöpf.

Cornelia. Fritzi! Willst Du nicht Excellenz auseinander= setzen? — —

Zoës. Sie erlauben, Excellenz, ich bin besser orientirt. Ich schließe für meine Freundin stets die Contracte ab. Unsere Angelegenheit verhält sich folgendermaßen: Wir sind durch Un= vorsichtigkeit in eine äußerst unangenehme Lage gerathen. Als wir in Carlsruhe concertirten, erhielten wir durch einen Agenten einen Engagements-Antrag an das hiesige Orianda=Theater. Ich nahm den Contract an, da mir der Agent versicherte, es sei eine sehr bedeutende Bühne und da Cornelia's Wunsch war, endlich auch an dem Theater zu singen. — Wir hatten bereits Alles, was wir dazu brauchten, Costüme, Garderobenkorb, Schminkkasten — nur das Engagement fehlte noch. — Auch der Name des Theaters klang vornehm — „Orianda."

Leers. Ah! beim gutem Tambow!

Cornelia. Ich erinnerte mich; denselben Namen trägt eine der Residenzen des russischen Kaisers und so vermutheten wir, diese Bühne dürfte vom Hofe subventionirt sein.

Zoës (seufzt tief auf). Vom Hofe subventionirt! Wir waren verzweifelt, als wir vorgestern zum ersten Male eine Vorstellung in diesem Theater sahen. Da produzirten sich eine Wasserkönigin, ein Schlangenmensch, eine Recketurnerin, ein Pyramiden-Springer, ein Herr, der auf einer Gießkanne den Kußwalzer blies. Eine Dame sang das Lied „Ich bin der kleine Postillon, die ganze Welt bereist' ich schon." Entsetzlich!

Füstenegg (sich zu den Herren wendend). Ich bin der kleine Postillon! Das ist allerdings schnurrig. Armes Fräulein! –

Cornelia. Ach Excellenz, das ist nicht Alles, es kommt noch schlimmer.

Zoës. Wir hatten dem Agenten außer dem Concert-Repertoir ein Repertoir von 24 Opern vorgelegt. Nun soll Cornelia statt dramatischer Partien nur Couplets singen. Und was für Couplets! Der Director verlangt, sie solle das Lied vom girrenden Täubchen mit dem Refrain: Kuckuruh! Kuckuruh! einstudiren. — Solche Zumuthungen wagt einer Sängerin von Rang ein Director zu machen — bei dem — sogar dressirte Seehunde auftreten.

Cornelia. Ich fühle mich einer Ohnmacht nahe, wenn ich daran denke.

Fürstenegg. Dressirte Seehunde, Kuckuruh! Das ist allerdings arg. Der Mann wird aber doch einsehen müssen, daß eine Künstlerin an einem solchen Theater nicht auftreten kann.

Zoës. Er sieht es ganz und gar nicht ein. Wir machten ihm Vorstellungen, da kamen wir schön an. Er war auf das Tiefste beleidigt. Er sagte: seine Bühne sei als eines der ersten Kunstinstitute Rußlands anerkannt, die Recketurnerin hätte die Bewunderung aller Potentaten Europas erregt, der Schlangenmensch sei vom König von Portugal decorirt worden.

Fürstenegg (für sich). Die Kleine scheint sehr charaktervoll. (Laut.) Sind denn die Theateragenten so unzuverlässig?

Zoës. Nicht alle, aber einzelne. Der Director zahlt ausgezeichnete Gagen und unser Agent taxirt die Theater, wie es scheint, nicht nach ihren künstlerischen, sondern nur nach ihren finanziellen Leistungen.

Fürstenegg. Ja ja — das arglose Künstlervölkchen. Nun — in wiefern können wir Ihnen dienen?

Cornelia. Der Contract muß natürlich gelöst werden. Ich bin es meiner Ehre, als Mädchen, wie meiner Stellung als Künstlerin schuldig, niemals eine Bühne, die nichts ist, als eine

2*

gewöhnliche Singspielhalle, zu betreten. Bedenken Sie, Excellenz, ich habe schon im Gewandhaus-Concert in Leipzig gesungen.

Fürstenegg. Ich begreife, es möchte Ihrer ferneren Carrière schaden.

Salmen (aufgeregt). Wir werden auf Nichtigkeitserklärung des Contraktes wegen Betruges klagen und den Agenten wegen Erpressung der Unterschrift belangen.

Zoës. Erpressung? Das wird in diesem Falle leider nicht gehen. Ich bin auch so halb und halb Jurist. Ich besitze den „Hausadvokaten".

Fürstenegg. Nur nicht zu eifrig, mein lieber Neffe. Zuerst wollen wir das Schriftstück prüfen. (Zu Cornelia.) Haben Sie den Contract bei sich, mein Fräulein?

Zoës. Gewiß, ich bitte Excellenz, hier ist er. (Zieht ein Schriftstück hervor.)

Fürstenegg (nimmt den Contract mit einer artigen Ver- beugung und liest denselben, wobei er nach rechts zur Seite tritt, für sich). Welch' aristokratische Erscheinung die Ferrer besitzt! An der Oper wäre ihr richtiger Platz.

(Alle sind gleichzeitig mit Fürstenegg aufgestanden, setzen sich aber gleich wieder.)

Salmen (scherzend zu Leers). Könnte man nicht vielleicht dem Director latenten Wahnsinn nachweisen, da er von seinem Institute eine so übertrieben hohe Meinung hat?

Cornelia. Herr Tambow ist leider ein sehr nüchterner Geschäftsmann.

Zoës (niedergeschlagen). Mir scheint, der Paragraph, den wir brauchen, steht gar nicht im Gesetzbuch. Ich habe schon selbst — in der Lehre von den Verträgen nachgesehen, allein ich finde mich nicht zurecht.

Leers (aus tiefem Nachdenken auffahrend, zu Cornelia). Halt, ich hab's, entschuldigen Sie eine sehr, sehr discrete Frage. Sind Sie vielleicht — bei Künstlerinnen kommt das ja manchmal vor — ein klein wenig Verschwenderin?

Cornelia (verwundert). Wie kommen Sie auf eine so sonderbare Frage?

Leers. Dann würden Sie nämlich nach dem Gesetze in der Fähigkeit Verträge zu schließen, Unmündigen gleich geachtet, und der Contract ließe sich lösen.

Cornelia (seufzt). Leider bin ich nicht Verschwenderin.

Leers. Das ist fatal. Sie entschuldigen meine Indiscretion. (Für sich.) Sie hat Augen — Augen!

Fürstenegg (geht wieder nach Seite links zu Cornelia und Zoës, indem er bedenklich den Kopf schüttelt). Was ist das für ein sonderbarer Vertrag, den Sie da unterschrieben haben? Da fängt ja jeder einzelne Paragraph mit den Worten an: Fräulein Ferrer verpflichtet sich, — Ein Contract im juristischen Sinne legt beiden Theilen Rechte und Pflichten auf — hier verpflichtet sich aber immer nur Fräulein Ferrer. — Schlimm, schlimm! — Wie ich aus den neunzehn Paragraphen ersehe, haben Sie nur auf ein einziges Recht Anspruch; nämlich auf das Recht Conventionalstrafe zu zahlen.

Cornelia (trostlos). Also ich muß übermorgen auftreten — es giebt keinen Ausweg?

Fürstenegg (setzt sich wieder). Ich sehe keinen.

Zoës. Aber, ich bitte, Excellenz, Sie können uns doch helfen, wenn Sie wollen, Sie sind ja Botschafter.

Fürstenegg. Durch Berufung auf die Gesetze, meine Damen, läßt sich nicht viel erreichen, aber wir werden den diplomatischen Weg einschlagen, wir werden eine moralische Pression auszuüben versuchen.

Salmen (mit Laune). Wie wäre es, wenn wir dem saubern Director die Polizei auf den Hals schickten.

Zoës. A la bonne heure! Dies Mittel steht zwar nicht im Hausadvokaten, allein es ist gut.

Lodron (scherzend). Das Orianda-Theater soll auf seine Feuersicherheit hin untersucht werden.

Zoës. Noch besser.

Leers (scherzend). Ein Drittel der Sitze wird cassirt, die Zahl der Nothausgänge wird um das Doppelte vermehrt. Das Parquet muß einen Mittelgang erhalten.

Fürstenegg (lächelnd). Nun, die Mittel, um Sie von diesem Contract zu befreien, mein Fräulein, werden sich schon finden. — Nur nicht verzagt! Ich werde mich Ihrer annehmen. Es gehört zu den Traditionen meiner Familie, die schönen Künste zu unterstützen. Und dann sind Sie meine Landsmännin, eine Deutsche, die geraden Wegs aus der Heimath kommt. Unser gemeinsames Vaterland ist Ihr wärmster Fürsprecher.

Leers (mit erkünstelter Harmlosigkeit). Excellenz belieben vielleicht die Erledigung der Angelegenheit mir zu übertragen? Ich bin ein langjähriger Theaterhabitué.

Salmen. Excellenz, auch ich wäre mit Freuden bereit.

Fürstenegg. Ich würde die Angelegenheit sehr gerne in Ihre Hände legen, mein lieber Herr von Leers, allein wir sind zu großer Vorsicht genöthigt. Unsere Botschaft schwebt nämlich in der peinlichen Gefahr, einen Spitznamen zu erhalten. Die Baronin Leontieff sagte mir am Montag auf dem Ball des spanischen Gesandten: „Graf, verschiedene Damen haben erfahren, daß sich Ihre Attachés, vornehmlich Herr von Leers, weniger mit Regierungs= als mit Liebes=Botschaften beschäftigen und man ist im Begriffe Ihr Amt überhaupt die „Liebes=Botschaft" zu taufen. Ich warne Sie. Sie wissen, ein Spitzname ist ein Witzname. Trifft der Witzname, so bleibt der Spitzname." So sprach die Baronin und die Baronin hat Recht. Ich bitte Sie daher, meine Herren, wenden Sie Ihre Aufmerksamkeit mehr dem internationalen Recht als dem schönen Geschlecht zu. (Drückt auf den Tischtelegraphen.) Ich werde deshalb auch die Schlichtung der Contracts=Angelegenheit Herrn Horvath, dessen weißes Haar vollkommen verläumdungsfest ist, vertrauen. (Für sich.) Ich muß über diese zwei liebenswürdigen Damen wachen.

Felix (tritt durch die Mitte ein).

Fürstenegg. Ich lasse Herrn Horvath bitten.

Felix (ab durch die Mitte).

Cornelia. Excellenz, wie soll ich Ihnen für die Güte, mit der Sie sich meiner annehmen, danken. Ich fasse wieder Muth.

Horvath (tritt durch die Mitte ein).

Fürstenegg. Erlauben Sie, meine Damen, daß ich Ihnen, bevor Sie gehen, unseren Kanzler, Herrn Horvath, als Ihren speciellen Bevollmächtigten vorstelle. (Stellt Horvath Cornelia und Zoës vor.)

Leers (für sich). Excellenz ist grausam. Ich habe die slavischen Liebschaften satt und sehne mich wieder nach einer edlen deutschen Liebe.

Cornelia (wendet sich gegen Salmen, Lobron, Leers). Meine Herren, erlauben Sie, daß ich Ihnen für Ihre Theilnahme meinen herzlichsten Dank ausspreche.

Zoës. Meine Herren, es war mir ein Vergnügen, in dem abscheulichen Rußland die ritterlichsten Vertreter unseres schönen Vaterlandes kennen zu lernen. (Die Herren verbeugen sich tief. Fürstenegg reicht Cornelia den Arm und geleitet sie durch die Mittel= thür hinaus. Zoës und Horvath folgen.)

13. Scene.

Leers. Lobron. Salmen.

(Nachdem die Damen mit Fürstenegg und Horvath abgegangen sind, stehen alle Drei stumm da, nach einer Pause fängt Leers zu sprechen an.)

Leers. Meine Herren, kennen Sie die Fabel von dem Raubvogel und den Singvögeln?

Lobron. Wo soll das hinaus?

Leers. Ein Falke redete einer Taube, die von einer Nachtigall, einer melancholischen Singdrossel und einem lockeren Zeisig umflattert wurde, ein, ihr Leben sei bedroht. Um sie zu schützen, ergriff er sie, trug sie in die Lüfte und — verspeiste sie dort.

Lobron. Es ist merkwürdig, selbst die Fabeln, die Herr von Leers erzählt, enden mit Essen.

Salmen. Was soll die Erzählung?

Leers. Begreifen Sie nicht? Der Falke ist Excellenz, die Taube ist Fräulein Ferrer, die Nachtigall sind Sie, die melancholische Singdrossel ist der Herr Hauptmann und der lockere Zeisig bin ich.

Lobron. Mich trifft Ihr Spott nicht . . . .

Salmen. Auch mich trifft Ihre Geschichte von der Taube nicht, Herr von Leers. Sie wissen, ich liebe eine Unbekannte, Ihre Fabel ist ohne Pointe. (Setzt sich am Schreibtisch links.)

Leers. Es ist möglich, denn auch ich, der lockere Zeisig, zapple ja bereits in dem Netz des Fräulein Clodius. (Für sich). Die beiden Platoniker habe ich nicht zu fürchten. Wie contreminire ich aber Excellenz? (Schreitet nachdenkend im Zimmer auf und nieder).

Salmen (für sich). Ich muß die Ferrer sofort sprechen. Das Einfachste ist, ich suche sie sofort auf. Ihre Adresse werde ich im Bureau des Orianda=Theaters erfahren.

Lobron (für sich). Die armen Damen gehen mir nicht aus dem Kopf. Sie sind schutzlos in einer fremden Stadt, in einer Zwangslage wegen ihres Contractes. Ich suche Sie auf; die Adresse wird man mir im Orianda=Theater mittheilen.

Leers (auf= und niederschreitend, für sich). Ich muß rasch anknüpfen, damit mir Excellenz nicht zuvorkommt. — Sero venientibus ossa. (Die drei Herren haben sich während ihrer Reden damit beschäftigt, die Hüte zu holen, Handschuhe anzuziehen, stürzen nun an den Tischtelegraphen auf dem Diplomatentisch und drücken, sich erstaunt ansehend, gleichzeitig auf die electrische Klingel. Man hört übermäßig stark klingeln.)

Felix (tritt ein und nähert sich Herrn von Salmen, der ihm ein Zeichen giebt).

Salmen (leise zu Felix). Geben Sie den Auftrag, daß mein Coupé sogleich angespannt wird.

Felix. Zu Befehl.

Lobron (zu Felix). Lassen Sie rasch eine Droschke holen!

Felix. Zu Befehl, Herr Hauptmann.

Leers (zu Felix). Ist Joseph noch mit der Equipage unten?

Felix. Zu Befehl, Herr Baron.

Leers. Er soll sich bereit halten. Ich komme gleich hinunter.

Felix. Zu Befehl, Herr Baron. (Ab Mitte).

Leers. (Wirft sich auf den Stuhl vor dem Mitteltisch im Vordergrund, für sich). Ich hab's! Als Einleitung schicke ich der Ferrer eine kleine Collection von russischen Landesdelikatessen. (Zieht ein Taschenbuch heraus und notirt). Grauen Sterlet=Caviar — Bärenschinken — Caravanen=Thee — Petersburger Confituren — gefrorenen Wolga=Sterlet in Champagner gekocht — Dazu noch einen feinen Aschtschitschin Liqueur und Cigaretten. — Ich will das sofort persönlich besorgen. Die Adresse der Damen wird im Bureau des „Orianda=Theaters" zu erfahren sein.

14. Scene.

Die Vorigen. Fürstenegg.

Fürstenegg (durch die Mittelthür eintretend, für sich). Alle meine Attachés haben plötzlich ihre Wagen bestellt — Sollten sie es am Ende auf meine armen Schützlinge abgesehen haben? Wartet, ich will Euch einen Riegel vorschieben. — (Lobron, Salmen, Leers erheben sich und schicken sich an, sich zu entfernen. Laut.) Meine Herren, ich bedaure, Sie zurückhalten zu müssen. Vom auswärtigen Amt sind bezüglich des Handelsvertrags mit Persien neue Instructionen eingelaufen. Ich bitte Sie, sich zu setzen; ich werde Ihnen dieselben sogleich mittheilen. (Setzt sich hinter den Mitteltisch. Die drei Herren stehen wie versteinert da,

setzen sich dann zögernd Salmen links, von Leers und Lodron rechts
an den Tisch).

Leers (mit Humor). Da haben wir wieder den Falken!

Fürstenegg (fängt an vorzulesen). Seine Excellenz der
Minister des Auswärtigen schreibt: Ich bitte sich mit der Regierung
des Schah's in Verbindung zu setzen A. hinsichtlich der Gegen=
konzessionen bezüglich der Zollerhöhung B. (Während Fürstenegg
noch liest, fällt der Vorhang).

Der Vorhang fällt.

Ende des ersten Aufzuges.

Zweiter Aufzug.

(Ein modernes braunes Zimmer. Linke Seite der Bühne; erstes Feld: ein Sopha, ein Tisch, Fauteuils; zweites Feld; ein Clavier, ein Stuhl, eine Seitenthüre. Rechte Seite der Bühne; erstes Feld: ein Fenster, nahe daran ein Schreibtisch, von diesem einen Schritt gegen die Mitte der Bühne zu entfernt ein Kleiderständer von Manneshöhe, daran viele Frauen-Theater-Costüme; zweites Feld; ein Reisekorb mit Kleidern, ein Vertikow mit Gebetbuch, Figuren, Bildern, eine Seitenthüre. Hintergrund: Mittelthüre, rechts ein Blumenkorb, links ein Sessel, woran ein Regenschirm lehnt.)

1. Scene.

Cornelia. Zoës.

Zoës (hängt Kleider auf.) Wir werden die Kleider ja doch nicht brauchen.

Cornelia. (Sitzt am Clavier und singt Scalen.) Ich habe heute keine Stimmung zum Ueben. Mich peinigt fortwährend der Gedanke Tambow werde auf der Einhaltung des Contractes bestehen. Denke Dir, Fritzi, wenn durch einen Zufall mein wirklicher Name, meine adlige Herkunft bekannt würde, wenn meine Familie Alles erführe! „Sie wollte nicht von den Almosen der Familie, nicht von den Unterstützungen der Verwandten leben, die Hochmüthige", würde es heißen, aber sie trägt kein Bedenken, „an einem Specialitäten-Theater zu gastiren."

2. Scene.

Vorige. Samara.

Samara (an der Thür.) Es ist ein Herr Tambow draußen — Director des Orianda-Theaters — soll ich ihn hereinführen?

Cornelia. Gewiß, liebe Frau Samara. Ich erwarte ihn mit Ungeduld.

Samara (ab durch die Mitte).

Zoës. Tambow hier? Es scheint, daß die Botschaft sich bereits in's Mittel gelegt hat.

Cornelia. Ich wäre überglücklich.

3. Scene.

Vorige. Tambow.

Cornelia. Sie kommen wie gerufen, Herr Direktor.

Tambow (spricht seine Rolle in gebrochenem Russisch-Deutsch, die Consonanten scharf und schwer, die Vokale in dunkler Färbung.) Soll mir lieb sein. Sie haben sich also überlegt Sache? — Sind geworden vernünftig? — Wollen übermorgen singen? Wird nicht sein Ihr Schaden. Sie sollen lernen kennen Herrn Ysaköff, reichsten Holzhändler von unserem Petersburg.

Zoës. Singen? Gott bewahre! Meine Freundin kann doch nicht an einem Theater auftreten, wo dressirte Seehunde mitwirken.

Tambow. Kann nicht auftreten? An meinem Theater nicht auftreten? Erlauben Sie! Ich weiß nicht, was Sie haben einzuwenden gegen meine Akteure. Versuchen Sie einmal, statt zu singen eine Triller, zu schlagen ein Salto mortale oder zu bringen zum Tanzen eine Klapperschlange. Dann Sie werden einsehen, welches ist schwierigere Kunst. Doch wozu creifere ich mich? Sie, Frau v. Zoës sind nicht engagirt bei mir, ich habe nur zu sprechen mit der Fräulein Ferrer (zu Cornelia). Wenn Sie nicht wollen singen bei mir, weshalb sagten Sie früher, ich komme wie gerufen? (Spricht die drei folgenden Worte heftig wie eine Verwünschung). Tschort was mi!! (Der Ton fällt auf die letzte Silbe).

Cornelia. Ich dachte, unser Herr Botschafter hätte bereits in meiner Angelegenheit intervenirt — er hat es mir versprochen.

Tambow (für sich). Wie, man interessirt sich in der Botschaft für die Ferrer? Das muß ich ausnutzen. (Laut). Ich werde fertig mit Athleten und Akrobaten, meine Fräulein, mich schüchtert auch nicht ein hohe Diplomatie. Von hier aus gehe ich sofort in die Botschaft. Ich werde den Herren dort sagen mein Meinung. Ich bringe sie Alle vor dem Gericht. Wie? Meine Akteure zum Contraktsbruch verleiten, an meinem Theater Aufruhr stiften! Njet! Njet! (Zu Deutsch: mit nichten.) Das ist Gewerbestörung, das ist Mißbrauch der Amtsgewalt.

Cornelia. Ich bitte, Herr Direktor, ereifern Sie sich nicht. Es handelt sich ja nur um einen gütlichen Ausgleich.

Tambow. Wird nicht angenommen. Glauben Sie, Conrakte werden geschlossen, um zerstört, Conventionalstrafen bestimmt, um nicht bezahlt zu werden? Ich brauche nur auszustrecken meine kleinen Finger und kann bekommen die berühmtesten Sängerinnen von Frankreich, Spanien, Italien. Man weiß, Gott sei gerühmt, in allen Staaten der Welt von Osten und von Westen, wer Tambow ist, was Tambow die Publik bietet. Aber ich will einmal schaffen eine abschreckende Beispiel und bestehe deshalb darauf, daß gerade Sie singen. Der Disciplin muß bleiben erhalten aufrecht, sonst geht Kunst zu Grunde. Meine Fräulein, ich warne Sie. Lassen Sie es nicht so weit kommen, daß ich greifen muß zu Maßregeln von Zwang.

Cornelia. Um Gotteswillen, was wollen Sie thun?

Boës. Sei ruhig — man kann Dir Nichts anhaben — Du stehst unter dem Schutz der Botschaft.

Tambow. Ich schwöre Ihnen, Sie werden übermorgen singen die Lied vom gurrenden Taube: Kukuruh, Kukuruh, meine Liebchen, mein Alles bist Du! Weigern Sie sich, dann lasse ich festhalten Ihren Paß und arretiren alle Ihre Sachen. Hierauf kommt ein Prozeß, wie ihn noch nicht hat gesehen der Welt. Ihr Name, mit dem Kainszeichen des Contractbruches gestempelt geht durch alle Gazetten (sprich Gaßetten). Kein Concert-Entrepreneur engagirt Sie je wieder. Sie sind geworfen aus Ihrer Carriere. — Also, wollen Sie übermorgen singen?

Cornelia. Mein Gott, ich kann ja nicht. Haben Sie doch Mitleid.

Boës. Haben Sie doch Einsicht, Herr Director, und geben Sie uns frei.

Tambow. Sie wollen nicht, Haraschó! (Der Ton fällt auf die letzte Silbe). Gut! Wir sind fertig. Nun will ich erklären den Herren in der Botschaft meinen Standpunkt. Meine

Damen! praschtschaite!] (bedeutet auf Deutsch: Leben Sie wohl.
Der Ton fällt auf die zweite Silbe). (Ab durch die Mitte).

4. Scene.

Cornelia. Zoës.

Cornelia. Der Conflict mit dem Director wird es noth=
wendig machen, daß ich meine Papiere vorzeige. Meine Papiere!
Wissen erst die Herren auf der Botschaft meinen wirklichen
Namen, dann geht die Nachricht, daß eine Baronesse Wolfsberg
unter dem Namen Cornelia Ferrer auf einem Specialitätentheater
auftreten sollte, von Mund zu Mund. Meine Familie wird
außer sich sein.

Zoës. Bah! Die Entdeckung Deiner Herkunft kannst Du
leicht verhindern. Du zeigst eben die Papiere nicht vor — Du sagst,
Du hättest sie in Deutschland vergessen. Eine Künstlerin legitimirt
sich im Nothfall mit der Photographie, die der Agent eingeschickt
hat. Das eigentliche entscheidende Kennzeichen ist ja doch der
Mezzo=Sopran. Sollte Jemand an Deiner Identität zweifeln,
dann legitimirst Du Dich vor Gericht einfach durch eine Arie.

5. Scene.

Zoës. Cornelia. Samara.

Samara (durch die Mitte mit einer Visitenkarte in der Hand,
tritt ein, ein äußerst geschmackvolles Bouquet in der Hand tragend.)
Fräulein Ferrer, eine Collegin ist draußen und wünscht Sie zu
sprechen. Die Nämliche, die vorgestern hier war!

Cornelia. Ah, Fräulein Clodius! Ich lasse sie bitten,
einzutreten.

Samara. Diese Dame muß etwas Besonderes sein. —
Welche Visitenkarte! „Pianistin.“ — „Inhaberin der schwedischen
Medaille für Kunst und Wissenschaft.“ — — Die hat es weit
gebracht. Medaillen bekommt man doch sonst nur, wenn man
ein paar Feldzüge mitgemacht hat.

Zoës. Frau Samara, was für ein Bouquet halten Sie
da in der Hand?

Samara. Ach so, ich vergaß! Es wurde von einem herr=
schaftlichen Lakai abgegeben. Zwischen den Blumen steckt auch
eine Visitenkarte.

Cornelia (nimmt die Karte, welche in einem Couvert liegt, und liest). „Graf Fürstenegg" — ah, vom Botschafter.

Samara (für sich.) Die ist erst einige Tage hier und hat schon einen Grafen. Ich muß die Miethe steigern.

Cornelia. Ich lasse Fräulein Clodius bitten, einzutreten.

Samara. (Ab durch die Mitte.)

Zoës (steckt das Bouquet rechts in die Vase, welche auf dem Vertikow steht.) Die Rückseite der Karte scheint beschrieben.

Cornelia. Richtig: „Die schönen Blumen Rußlands er-suchen mich, sie ihrer schöneren deutschen Schwester vorzustellen. Ich entledige mich dieses Auftrags und zeichne ergebenst — Graf Fürstenegg." — Diese fatalen Geschenke.

Zoës. Bah! So lange sie nicht aufdringliche Vertraulich-keiten, Versuche, uns zu verpflichten, sind. —

Cornelia. Du hast Recht.

6. Scene

Zoës. Cornelia. Albine.

Albine (durch die Mitte eintretend.) Ah, meine liebe Collegin. Lassen Sie sich umarmen.

Cornelia. Erlauben Sie, daß ich Ihnen meine Freundin, Frau Friederike von Zoës, vorstelle.

Albine (Reicht von Zoës beide Hände.) Sehr erfreut, Ihre Bekanntschaft zu machen. Wir müssen Freundinnen werden. Nun wie steht es? Haben Sie meinen Rath befolgt und sich wegen Ihres Contracts an die Botschaft gewandt?

Cornelia. Ja und Excellenz selbst hat mir seinen Schutz zugesagt. Allein ich fürchte, Tambow wird dennoch unbeugsam bleiben.

Albine. Ein Mann mit einem ehrgeizigen Knopfloch unbeugsam einer Excellenz gegenüber?! Seien sie unbesorgt. Wenn der Botschafter selbst sich für sie interessirt, dann wird er schon die Auszeichnung zu verschaffen wissen, die Ihren Director gefügig macht.

Zoës. Gebe es Gott.

Albine (zu Cornelia.) Nun mein Liebe, und wie haben Ihnen die anderen Herren auf der Botschaft gefallen? Sehr niedliche Cavaliere, nicht wahr?

Cornelia (förmlich). Die Herren waren sehr liebenswürdig.

Wir werden sie jedoch kaum wiedersehen. Excellenz hat die Ver=
handlungen wegen des Contracts dem Kanzler, Herrn Horvath,
übertragen.

Zoës. Es war von Excellenz sehr freundlich, daß er uns
nicht seine Attachés auf den Hals schickt. Die Herren sind zwar
sehr liebenswürdig, allein ein Rechtsbeistand mit weißen Haaren
ist mir doch lieber.

Albine. Sie sollten die Attachés doch nicht unterschätzen.
Vergessen Sie nicht, daß jeder Mensch zwei Hände besitzt, und
die Hände von Personen, die, wie die Attachés in Logen sitzen,
sind sehr werthvoll. Ihr Applaus ist epidemisch.

Cornelia. Sie sind sehr wohlmeinend, mein Fräulein,
allein ich würde lieber durchfallen, als mir einen Erfolg künstlich
machen lassen.

Albine. Gut. Allein bedenken Sie noch etwas Anderes.
Müssen wir Künstlerinnen uns nicht auch die Cour schneiden
lassen? Ist es nicht unsere Pflicht, darauf bedacht zu sein, eines
Tages geheirathet zu werden? Ich habe — ich spreche offen —
Genies kennen keine Vorstellung — ich habe bereits einen kleinen
Attaché im Auge, den Freiherrn von Leers. Wie gefällt er
Ihnen? Ist er nicht ein unterhaltender, munterer Cavalier?

Zoës. Gewiß. Und er wird Sie heirathen?

Albine. Ob er mich heirathen wird? Ich weiß es nicht.
Allein ich werde ihn heirathen. Als große romantische Oper
werde ich die Ehe an seiner Seite freilich nicht kennen lernen,
allein ich bin auch mit einem Clavier=Auszug zufrieden. Auch
passe ich schlecht für ein Leben im Choralsatze, der Menuettstyl
ist mein Element.

Zoës. Lieben Sie den Baron?

Albine. Ich liebe nur die Kunst, aber er paßt für mich.
Und ich will Baronin werden.

7. Scene.

Vorige. Samara.

Samara (durch die Mitte eintretend, mit einem Korb voll
Delicatessen.) Sie entschuldigen, Fräulein Ferrer, wenn ich störe.
Es ist ein Geschenk angekommen. — Ein Korb mit Delicatessen.
Hier ist die Karte des Absenders. (Reicht Cornelia eine Visiten=
karte.)

Cornelia (erstaunt.) Freiherr von Leers? Attaché? — Was kann den Herrn veranlassen, mir ein Geschenk zu senden — noch dazu Eßwaaren?

Albine (aufgeregt.) Wie sagten Sie, Freiherr von Leers?! Erlauben Sie. (Nimmt Cornelia die Visitenkarte aus der Hand und betrachtet dieselbe.) Es ist richtig! Der Verräther!

Cornelia. Diese Aufmerksamkeit setzt mich in große Ver= legenheit. Es ist gegen meine Grundsätze, etwas anzunehmen.

Zoës. Bei Blumen darf man noch ein Auge zudrücken, aber Nahrungsmittel — das ist zu drollig!

Albine. Ei sehen Sie doch, da stehen auf der Rückseite ein paar Zeilen. Die geben Ihnen vielleicht einen Vorwand, die Lebensmittel in schroffster Weise abzulehnen. (Für sich, liest.) „Man muß ein fremdes Land, wenn man es gründlich kennen lernen will, mit allen fünf Sinnen, also auch mit dem Gaumen, studiren. Erlauben Sie, mein Fräulein, daß ich Ihre Forschungen unterstütze und Ihnen einige der besseren Naturerzeugnisse dieses Landes als Probe einsende. (Bei Seite.) Probe? Das ist der Styl eines Handlungs=Reisenden.

Cornelia. Die Karte bietet leider keinen Anlaß, das Geschenk zurückzuweisen.

Zoës. Ich hab's! Wir lehnen die Aufmerksamkeit des Freiherrn einfach unter dem Vorwande ab, Du seiest magen= leidend. —

Albine (für sich.) Ich muß ihm einen Streich spielen. (Laut.) Ich habe einen besseren Plan. Ueberlassen Sie den Korb mir. Ich will ihm eine Lection geben, an die er lange denken soll.

Zoës. Was haben Sie vor?

Albine. Nichts Schlimmes. Erlauben Sie, ich nehme den Korb gleich in meinem Wagen mit. Ihre Frau Wirthin ist wohl so freundlich, ihn hinunterzutragen. —

Samara (aus dem Hintergrunde, wo sie gewartet, vorkommend; zu Cornelia.) Wenn Sie befehlen, mein Fräulein.

Cornelia. Ich bitte darum.

Samara (bei Seite). Was ist das für ein Benehmen. Geschenke giebt man, wenn man sie nicht mag, doch der Wirthin. So ist es immer Hausbrauch gewesen.

Albine (zu Cornelia.) Nun, meine Liebe, leben Sie wohl. (Küßt beide Damen auf die Wangen.) Apropos, weshalb bin ich ich denn eigentlich hierhergekommen? Richtig, ich wollte Sie

fragen, was Sie in meiner Wohlthätigkeits=Matinée für die Ueber=
schwemmten in Tiflis vortragen wollen.

Cornelia. Ich habe keine passende Pièce auf dem Repertoir.

Albine. Das thut nichts. Ich habe eine Menge Imitationen
russischer Volkslieder zu Hause. Sie wählen daraus einige
Stücke, die Ihnen conveniren. „Der Tschetschanzen=Jungfrau
Abendgebet" (setzt sich links an's Clavier und spielt einige Takte
seriösen Genres) und das „Morgenlied des Kaukasus" (spielt
einige Takte heitern Genres) dürfte Ihnen ausgezeichnet liegen.

Boës. Nein! Die Zeit ist zu kurz, um etwas Neues ein=
zustudiren.

Albine. O, Sie können sich sofort an die Arbeit machen.
Ich werde Ihnen die Noten unverzüglich zusenden. (Steht auf.)
Ich hätte sie Ihnen gerne selbst gebracht, allein ich muß zu
Hause bleiben, da ich die Billets zum Concert selbst verkaufe
und meine Empfangsstunde bald beginnt. Heute darf ich schon
garnicht fehlen. Herr von Leers hat mir versprochen, daß Seine
Excellenz, der Botschafter, persönlich erscheinen werde, um seine
Billets in Empfang zu nehmen. Sie begreifen, solch' eine
Gelegenheit, die Bekanntschaft Seiner Excellenz zu machen, darf
ich nicht verpassen. Leben Sie wohl, meine Damen! (Küßt die
Damen auf beide Wangen.) Sie sollen sehen, das Abendgebet der
Tschetschenzen=Jungfrau werden Sie zweimal beten müssen.

Cornelia. Frau Samara', wir sind für Niemand zu
sprechen, ausgenommen, es kommt Jemand von der Botschaft.
(Samara und Albine durch die Mitte ab.)

8. Scene. 114

Boës. Cornelia.

Cornelia (erregt auf= und niedergehend). Wenn ich solch'
eine Collegin treffe, werde ich ganz muthlos. Zu welchen
Mitteln greift man, um Carrière zu machen.

Boës. Liebe Nelly, wer unverrückt ein ideales Ziel ver=
folgt, bleibt überall rein und klar — wie eine Flamme. Ja, sie
leuchtet desto strahlender, je dunkler die Finsterniß rings umher ist

Cornelia (nachdenklich). Wie vornehm, meinte ich, müssen
alle Menschen denken und handeln, die nur in den Tönen unserer
großen Componisten, in den Versen unserer unsterblichen Dichter
leben.

3

Zoës. Urtheile nicht vorschnell. Solch' zwanglose Naturen wie die Clodius erinnern mich oft an die artesischen Brunnen, über die ich einmal als Backfisch examinirt wurde. Die Oberfläche besteht aus dürrem Sand und undurchdringlichen Schichten festen Gesteins, allein wenn man an der richtigen Stelle und weit genug in die Tiefe dringt, sprudelt der erfrischendste Quell.

9. Scene.

Vorige. Samara.

Samara (tritt durch die Mitte ein und überreicht Zoës eine Karte). Gnädiges Fräulein, ein Herr von der Botschaft —

Cornelia. Von der Botschaft? Gott sei Dank. Ich erhalte Nachricht wegen meines Contractes.

Zoës. Es ist der Baron von Salmen, der erste Secretair.

Cornelia. Der Besuch eines der anderen Herren wäre mir erwünschter gewesen. (Zu Samara.) Lassen Sie den Baron eintreten. (Samara ab durch die Mitte.) Der Baron giebt vor, mich zu lieben und auch er ist mir nicht gleichgiltig. Wenn es sich aber herausstellte, daß er sich mir nur nähert, um ein leichtes Abenteuer zu suchen — es würde mich schwer demüthigen und ich käme wieder um eine freundliche Illusion.

10. Scene.

Vorige. Salmen.

Salmen (durch die Mitte eintretend). Ich begrüße Sie, meine Damen. Ich wollte Ihnen sofort folgen, als Sie sich von der Botschaft entfernten, allein Excellenz hielt uns in einer Conferenz zurück.

Cornelia. Seien Sie willkommen, Herr Baron. Darf ich Sie ersuchen, Platz zu nehmen? Sie bringen mir Nachricht wegen des Contracts?

Salmen (verlegen). In der That — allerdings.

Cornelia (setzen sich links um den runden Tisch). Sei die Nachricht schlimm oder gut — ich bitte, sprechen Sie, machen Sie meiner marternden Ungewißheit ein Ende.

Zoës. Tambow war vor Kurzem hier und schien wenig versöhnlich.

Salmen. Seien Sie ohne Sorge. Horvath hat Vollmacht, Tambow für seinen Rücktritt vom Contract eine Gegenleistung in Aussicht zu stellen. Tambow wird also keine Schwierigkeiten machen.

Cornelia. Und solch' eine tröstliche Mittheilung erzählen Sie mit niedergeschlagener Miene?

Salmen. Weil ich daran denke, daß Sie, sobald der Con=tract gelöst ist, abreisen, Petersburg verlassen werden. O, ge=statten Sie, daß ich während der Zeit Ihres Hierseins recht oft kommen darf.

Zoës (einfallend zu Salmen). Herr Baron, Sie entschuldigen, wenn wir Sie bitten, es nicht zu thun. Sie halten das Leben der Künstlerinnen für ein freies, ungebundenes. Das ist es nicht. Eine Künstlerin, die auf die Achtung der Welt nicht verzichten will, muß wie eine Nonne leben. Sie darf sich nicht einmal mit ihrem eigenen Bruder auf der Straße sehen lassen, sonst heißt es sofort: Aha, die hat schon ein Verhältniß! — Wie schlimm ist eine Künstlerin daran, die viele Verwandte besitzt. Man glaubt ihr nicht, daß ihre Mutter wirklich ihre Mutter, ihre Schwester wirklich ihre Schwester, ihr Cousin wirklich ihr Cousin ist. Begreifen Sie? Um Mißdeutungen vorzubeugen, müssen wir also auf jeden noch so harmlosen Verkehr mit Herren verzichten.

Salmen. Das klingt allerdings sehr lustig, aber es ist doch recht traurig und entmuthigend.

Zoës. Natürlich wollen wir Sie nicht verletzen, Herr Baron. Nehmen Sie an, Ihre Schwester wäre Künstlerin, sie stände an Cornelia's Stelle, als Waise, ohne den Schutz, ohne die Hülfe einer Mutter! — — Welchen Rath würden Sie Ihrer Schwester geben? Welches Verhalten würden Sie ihr vorschreiben, wenn ein Herr an sie dieselbe Bitte richten würde, die Sie ausgesprochen haben.

Cornelia (bei Seite zu Zoës). Ich danke Dir, Fritzi. — Es ist besser, wenn er mich nicht wiedersieht.

Salmen (betroffen). Welchen Rath ich meiner Schwester geben würde? (Laut.) Nun ich würde ihr sagen, Frau von Zoës: Traue nur Dem, der um die Größe seiner Neigung, die Ehrlichkeit seiner Absichten zu zeigen, selbst auf die Gefahr hin, abgewiesen zu werden, um Deine Hand anhält, noch ehe er um Deine Liebe geworben hat. Und diesen Rath, Fräulein Ferrer, ertheile ich auch Ihnen! Sie werden auf diese Art erfahren,

3*

welche Liebe die wahre ist. Und nun gestatten Sie
ebenso handle, — wie ich spreche —

Cornelia. Ich bitte, Herr Baron, so lan
würdigende Contract noch in Kraft ist, darf ich Sie
Ich kenne die Entsagung, die mir meine jetzige
Pflicht macht.

Salmen. Aber mein Fräulein —

Boës (schneidet Salmen das Wort ab). Cor
Ihrer Sympathie, Herr Baron, garnicht würdig, n
handelte. Wir werden auch, so lange der Contrac
Einladungen in Gesellschaften annehmen, damit Nie
bedauert, uns empfangen zu haben.

Salmen. Aber, meine Gnädige, ein Umstan
ich habe im Gesetzbuch nachgeschlagen — den Cc
die Heirath.

Cornelia. Das gilt für mich nicht. In me
ist der betreffende Paragraph gestrichen. —

Salmen. Mein Gott, wie konnten Sie das

Boës. Wir sind ja nicht nach Petersburg (
zu heirathen, sondern um zu singen. — Still, ma

Salmen (für sich). Es ist zu ärgerlich. In
das entscheidende Wort vom Munde abgeschnitten.

11. Scene.

Vorige. Samara.

Samara (durch die Mitte eintretend). Gnäd
Ein Herr bittet um die Ehre, seine Aufwartui
dürfen! — Merkwürdig. — Sie sind hier noch
getreten, Fräulein, und alle Herren wollen bereits
schaft machen.

Cornelia. Ich lasse den Herrn bitten, einzu
Es ist Freiherr von Leers.

Salmen (verdutzt). Wie? Leers? Das is

Cornelia. Weshalb fatal, Herr Baron?
als Abgesandter von Excellenz wegen des Contract

Salmen (verlegen). Nein . . . offen gestanden
blos ein Vorwand; im Gegentheil, ich bin gegen den
Wunsch meines Onkels hierher geeilt, noch dazu gleich nc
Conferenz. Leers würde Excellenz, in dessen Nam

hier erscheint, unsere Begegnung erzählen und mein Onkel, der sehr leicht Verdacht schöpft, würde sich die Annullirung des Contractes vielleicht nicht mehr sehr eifrig angelegen sein lassen.

Samara (durch die Mitte ab).

Cornelia. Welches Mißgeschick! Was fangen wir an? Er darf Sie nicht sehen —

Salmen. Hat die Wohnung nur einen Ausgang?

Zoës. Nur den einen, Herr Baron. Mein Gott: Hätten wir das ahnen können, so würden wir uns haben verleugnen lassen. Jetzt ist es zu spät. Doch es giebt ein Mittel, allen Verdrießlichkeiten vorzubeugen. Herr Baron, treten Sie einen Augenblick in's Nebenzimmer. — (Drängt den Baron durch die Thür links.) Wir werden Herrn von Leers rasch verabschieden. (Salmen ab nach Seite links.)

Cornelia. Ich weiß nicht, Fritzi, ob Du recht gethan hast, Jemanden bei uns zu verbergen.

Zoës. Recht oder Unrecht. Es war das einzige Mittel, um zu verhindern, daß Excellenz am Ende aus Argwohn die Lösung des Contractes wieder rückgängig macht.

12. Scene.

Zoës. Cornelia. Leers.

Samara (die Thür öffnen).

v. Leers (durch die Mitte eintretend, sich verbeugend). Meine Damen, ich habe die Ehre Sie zu begrüßen. Ich hätte mich schon früher beeilt, Ihnen meine Aufwartung zu machen, allein Excellenz hielt uns mehrere Stunden mit einem verwünschten Handelsvertrag fest.

Cornelia. Sehr verbunden. Ich darf wohl annehmen, Herr v. Leers, Sie kommen wegen meines Contractes.

Leers. Natürlich, selbstverständlich wegen des Contractes. Herr Horvath wollte mir Ihre Adresse nicht verrathen, auch nicht unter dem Siegel der Verschwiegenheit. Da erschien glücklicherweise Director Tambow auf der Botschaft, der war mittheilsamer.

Cornelia. Nun wie steht es mit meinem Contract.

Leers. Vorläufig noch sehr schlimm. Ich fürchte die Sache wurde nicht in die richtigen Hände gelegt. Unser guter Kanzler wird dem durchtriebenen Tambow nicht gewachsen sein.

Zoëß (bei Seite zu Cornelia). Aengstige Dich nicht, er flunkert nur, um uns unentbehrlich zu erscheinen.

Leers. Doch beunruhigen Sie sich nicht, meine Damen. Ich werde schon im entscheidenden Moment eingreifen. (Bei Seite.) Ah, mein Korb ist bereits erledigt. Der Appetit ist ihre schwache Seite. Ich habe Aussichten! (Laut) Apropos, meine Damen, wie mundet Ihnen die Petersburger Kost? — Wie steht es mit Ihrem Appetit? —

Cornelia (befremdet). Mit unserm Appetit? Das kann doch höchstens unsere Wirthin oder den Theaterarzt interessiren.

Leers (zieht die Handschuhe aus). Pardon, es ist von höchster Wichtigkeit für Ihre Carriere. Die Ernährung übt nicht nur auf die Stimme, sondern auch auf das Temperament, auf den ganzen künstlerischen Vortrag den größten Einfluß aus. Ich kenne die hiesige Küche — sie ist nur eine armselige Imitation der französischen — darf ich Ihnen meinen Rath und Beistand anbieten?

Zoëß (lächelnd). Beim Kochen? (bei Seite). Ein sonderbarer Herr!

Cornelia. Ich danke; wir lassen das Essen aus dem Restaurant holen.

Leers (indignirt). Aus dem Restaurant? Aber, meine Damen, diese Restaurants sind der Untergang der Gastronomie. Eine Künstlerin muß ihre Reize erhöhen und conserviren. Die Speisekarte ist der Urquell der Schönheit. Das einzige Mittel, jung zu bleiben, besteht darin, mit Einsicht zu essen. Ihrer bezaubernden Erscheinung nach hatte ich vermuthet, daß Sie wie eine Fürstin speisen.

Cornelia. Wir sind an eine sehr einfache Lebensweise gewöhnt.

Zoëß. Suppe, Fleisch, Gemüse, Braten und Dessert. Das genügt allen unseren Ansprüchen.

Leers. Ich versichere Sie, das genügt nicht. Hat Epikur nicht Recht, wenn er ausruft: Soll denn der Mensch die Gaben der Schöpfung verschmähen? Ist er erschaffen, Suppe, Fleisch, Gemüse zu essen? Die Vorsehung, welche die Thiere des Waldes, die Vögel der Luft, die Fische im Wasser und die Austern entstehen ließ, die Vorsehung, welche den Menschengeist zum Mariniren der Aale und zum Einsalzen des Caviars bei Winterfrost inspirirt hat, will in ihren Absichten geehrt werden. Sind denn die Sterlets vorhanden, um an Altersschwäche zu sterben?

Cornelia. Ich bin keine große Gourmande, ich bin mit der Hôtelkost vollständig zufrieden.

Boës. Für uns ist sie das Ideal einer Küche.

Leers. Pardon meine Damen! In dem Restaurant giebt es keine ideale Küche; ebensowenig als man das Ideal einer Venus in den Ateliers findet. Wie die Bildhauer von dem einen Modell die Schulter, von dem andern die Arme, von dem dritte pardon! das Bein entlehnen, so müssen wir Gourmands von dem einen Restaurateur die potages beziehen, von dem andern die hors d'oeuvres, von dem dritten die entrées, von einem vierten die entremets, von dem fünften die Fische, von dem sechsten die entrées de gibier, von dem siebenten —

Boës (unterbrechend). Ihre Diners bestehen wohl aus einem ganzen Labyrinth von Gängen?

Leers. Aha! Meine Schilderungen fangen an, ihren Gaumen zu reizen. (Laut.) Es ist merkwürdig, die Menschen fangen doch schon im ersten Jahre an zu essen und erst im achten Jahre Clavier zu spielen. Mit dem achtzehnten Jahre sind sie zwar Virtuosen auf dem Clavier, allein im Essen noch Dilettanten, das ist doch traurig! Ich würde gern lernbegierigen Damen Unterricht ertheilen, theoretisch und praktisch! (Steht auf).

13. Scene.

Vorige. Fr. Samara.

Samara (durch die Mitte eintretend). Gnädiges Fräulein, es ist ein Besuch gekommen.

Cornelia. Gott sei Dank, wir werden unterbrochen. Nun muß er sich empfehlen. (Laut). Wer ist es?

Samara (reicht Cornelia eine Visitenkarte. Bei Seite).) Wo ist denn der erste Herr hingekommen. — Versteckt? das ist ein bißchen arg. Ich werde die Miethe noch höher steigern.

Cornelia. Ihr College, der Herr Militär-Attaché Hauptmann v. Lobron, ist auch so freundlich sich unserer zu erinnern.

Leers. Lobron? (Sehr betreten, für sich). Sapristi, — da liegt der Hummer im Compot. Wenn Excellenz erfährt, daß ich hier war — _r hält mich ohnedem für die Ursache des Spitznamens von — der Liebes-Botschaft. —

Cornelia (zu Samara). Ich lasse den Herrn Hauptmann bitten, einzutreten.

Leers. Verehrte Frau Wirthin, bitte, warten Sie noch einen Augenblick. Mein gnädiges Fräulein, entschuldigen Sie eine Frage: Hat die Wohnung nicht noch einen zweiten Ausgang?

Cornelia. Nein, nur den einen.

Leers. Das ist ja keine Wohnung, das ist eine Mause= falle. Können Sie mich nicht irgendwo unterbringen? Lobron ist argwöhnisch wie ein Untersuchungsrichter. —

Cornelia. Es ist nicht möglich. (Zu Samara). Ich lasse den Herrn Hauptmann bitten.

Leers. Nur noch einen Augenblick, geschätzte Frau Samara. (Zu Cornelia) Verehrtes Fräulein, Sie könnten sich doch ver= leugnen lassen — —

Samara. Ich habe dem Herrn bereits gesagt, daß das Fräulein zu Hause ist!

Leers (ärgerlich). Daß die Wirthinnen immer so voreilig sind. Verehrte gnädige Frau, könnten Sie mich nicht — viel= leicht da hinein. — (Will in die Thür links.)

Zoës (stellt sich vor die Thür links). Das geht auf keinen Fall.

Cornelia. Frau Samara, lassen Sie den Herrn Haupt= mann eintreten —

Leers (nachrufend). Liebe Frau Samara, bitte, halten Sie den Herrn Hauptmann auf. (Samara durch die Mitte ab.)

Leers (will in die Thür rechts). Oder können Sie mich vielleicht hier —

Zoës (stellt sich vor die Thür rechts). Herr von Leers, entschuldigen Sie, das ist mein Zimmer.

Leers (ängstlich nach einem Versteck suchend). Halt — diese Costüme, — hier kann ich unterschlüpfen. (Schlüpft halb zwischen die Kleider, die auf dem Ständer im Vordergrunde rechts hängen. Er verbirgt sich unter den Costümen nicht so eigentlich, sondern zieht nur, um seine Gestalt vor den Eintretenden zu ver= decken, bald das eine, bald das andere vor sich. Dadurch erhält er Gelegenheit, sich frei und drollig um den Ständer herum zu bewegen und doch ungesehen zu bleiben. Die hier angedeuteten Winke sind für das Spiel des Herrn von Leers in den folgenden Scenen sehr wichtig.)

Zoës. Aber Herr von Leers, bedenken Sie doch —

Leers. Es ist in Ihrem Interesse, meine Damen. Wenn Excellenz erfährt, daß ich hier war, entzieht er Ihnen seine Gunst und kümmert sich nicht mehr um Ihren Contract.

Cornelia (ringt die Hände). Mein Gott, wie soll das enden?

14. Scene.

Vorige. Lodron.

Lodron (durch die Mitte eintretend). Meine Damen — (Verbeugt sich.)

Cornelia. Seien Sie willkommen, Herr Hauptmann — ich bitte Platz zu nehmen. Sie kommen wahrscheinlich in Angelegenheit meines Contractes?

Lodron. Ich? Nein!

Cornelia. Ich dachte nur — —

Zoës (für sich). Der Einzige, der keinen Vorwand gebraucht.

Lodron. (Alle setzen sich links an den Tisch.) Es wird Sie befremden, mein Fräulein, daß ich Ihnen ohne Aufforderung von Ihrer Seite und obgleich ich von dem Stand Ihrer Contractsangelegenheit nichts Näheres weiß, so rasch einen Besuch mache.

Cornelia (bitter). Wir Künstlerinnen sind daran gewöhnt. Man nähert sich uns ohne viele Umstände.

Zoës (spöttisch). Der Herr Hauptmann ist sehr tapfer, er will uns wahrscheinlich mit dem Degen in der Faust gegen Herrn Tambow vertheidigen.

Lodron. Das wird kaum nöthig sein. Herr Horvath wird ihn schon allein beschwichtigen. Aber ich möchte Ihnen gern in anderer Hinsicht meine Dienste anbieten, und deshalb bin ich — gleich nach Schluß der Amtsstunde — hierhergekommen. Ich bilde mir ein, Sie könnten Schutz, Rathschläge und einen treuen Freund brauchen. Zwei junge Damen, allein und ohne Bekannte in einer fremden großen Stadt.

Leers (streckt den Kopf hinter dem Kleiderständer hervor, für sich). Wie Lodron liebenswürdig empfangen wird! Jenes große Bouquet ist vermuthlich von ihm. — Teufel? Sollte mein Korb zu klein gewesen sein?

Cornelia. Ist Petersburg eine so bedenkliche Stadt, Herr Hauptmann? Glauben Sie, daß uns hier Gefahren drohen?

Lodron. Gewiß! Sie werden Einladungen zu Gesellschaften, zu Festen erhalten, und vermögen nicht zu entscheiden, welche Sie annehmen dürfen, welche Sie ablehnen müssen. Die größte Gefahr für unerfahrene junge Damen liegt jedoch in ihrer Arglosigkeit. — Es wäre schon ein Mangel an Vorsicht, wenn Sie mir Vertrauen schenkten. Kennen Sie mich? Kann mein

Gesicht nicht täuschen? Meine wohlwollende Ehrlichkeit nicht eine Finte sein?

Zoës (bei Seite, für sich). Er ist ebenso originell, als hochherzig!

Leers (für sich.) Er verdirbt die Damen. Sie werden von Männern gar nichts mehr wissen wollen.

Zoës (lächelnd.) Mir scheint, Herr Hauptmann, Sie sind nur gekommen, um uns zu bestimmen, in Zukunft Ihre Besuche nicht mehr anzunehmen —

Lodron. Gewiß, es ist so. Ich möchte Ihnen nur als unsichtbarer Rathgeber zur Seite stehen.

Zoës (bei Seite, steht auf und geht nach links.) Das ist eine seltsame Sprache. Der gefällt mir. (Laut). Soll auch ich Ihnen versprechen, argwöhnisch zu werden, Herr Hauptmann?

Lodron. Sie, gnädige Frau, sind weniger gefährdet.

Zoës. Weil mich Niemand schön findet? Nicht wahr.

Lodron. Weil Sie eine sichere, in sich fertige Natur sind, die ohne zu straucheln den Weg durch's Leben finden wird.

15. Scene.

Vorige. Samara.

(Frau Samara tritt durch die Mitte, händeringend, die Augen verdrehend ein und macht v. Zoës Zeichen.)

Zoës. Sie entschuldigen einen Augenblick, Herr Hauptmann. (Geht auf Samara zu, die ihr eine Visitenkarte übergiebt und leise mit ihr spricht. Bei Seite zu Cornelia, verwirrt). Cornelia, welch' hohe Ehre! — Seine Excellenz, Graf Fürstenegg, in eigener Person.

Cornelia (überrascht.) Der Botschafter? Mein Gott. Der fehlte noch! —

Lodron (springt auf, betroffen.) Höre ich recht? Seine Excellenz? —

Leers (streckt seinen Kopf vorsichtig zwischen den Kleidern hervor.) Excellenz! Himmel, wenn sich Lodron nur nicht auch hinter diesen Ständer zu verbergen sucht. (Verschwindet wieder.)

Cornelia. Herr Hauptmann, Sie sehen auffallend verlegen aus. Ist es Ihnen unangenehm, mit Seiner Excellenz hier zusammenzutreffen?

Lodron. Allerdings. Seine Excellenz hat, wie Sie wissen, aus=

schließlich Herrn Horvath mit Ihrer Angelegenheit betraut. Er wird sehr betroffen sein, mich hier zu finden, mich, der ich immer dagegen bin, daß sich Herren jungen Damen aufdrängen. Es ist noch keine Stunde her, daß wir unsere Bureaus verließen. Er muß mich für einen Heuchler halten.

Samara (für sich.) Das kann eine schöne Geschichte werden! Wenn die Herren nur keine Waffen bei sich führen.

Zoës (bei Seite.) Ich muß ihm aus der Verlegenheit helfen, er ist der bravste von allen. (Laut.) Herr Hauptmann, es giebt nur ein Mittel, Sie müssen sich verbergen.

Cornelia (bei Seite zu Zoës.) Aber Fritzi!

Zoës (bei Seite zu Cornelia.) Auf einen Herrn mehr oder weniger kommt es jetzt nicht mehr an. (Geht an die Thüre rechts.)

Cornelia (laut.) Frau Samara, wir lassen Excellenz bitten, einzutreten.

Samara (händeringend ab).

Zoës. Kommen Sie rasch, Herr Hauptmann, ich will Ihnen mein eigenes Zimmer abtreten. (Beide ab nach Seite rechts.)

16. Scene.

Cornelia. Zoës. Leers.

Leers (zwischen den Kleidern auftauchend.) Fräulein Ferrer, warum haben Sie mir nicht auch ein Zimmer angewiesen? Mir ist hier zu Muthe, als wäre ich in einer Servirplatte mit Deckel eingeschlossen.

Zoës (kehrt von Seite rechts zurück.)

Leers (bei dem Eintritt v. Zoës zusammenschreckend.) Man kommt! — (Er verschwindet wieder hinter den Kleidern.)

Zoës (halblaut zu Cornelia.) Gott sei Dank, wir reichen mit unsern Verstecken gerade noch aus.

17. Scene.

Fürstenegg. Cornelia. Zoës. Samara.

Samara (öffnet die Mittelthür und Fürstenegg tritt ein.)

Fürstenegg. Ich begrüße Sie, meine Damen.

Cornelia (sich tief verneigend.) Excellenz bemühen sich persönlich zu uns! Welch' unverdiente Auszeichnung.

Zoës (verbeugt sich gleichfalls sehr tief.)

Fürstenegg. Es ist meine Pflicht, mich um das Wohl unserer Staatsangehörigen im Auslande zu kümmern. — Und dann — aus Ihnen, Fräulein Ferrer, kann einmal eine sehr große Künstlerin werden. Es macht mir ein Vergnügen, Ihnen im Beginne Ihrer Laufbahn beizustehen —

Cornelia. Belieben Excellenz Platz zu nehmen —

Fürstenegg. Bitte, incommodiren Sie sich nicht, mein Fräulein. Ich ziehe es vor, zu stehen. (Geht langsam rechts gegen den Ständer, Leers macht Geberden des Schreckens und drückt sich, sich' duckend, um den Ständer herum, so daß dieser immer zwischen ihm und Fürstenegg zu stehen kommt, — für sich.) Die armen Kinder, wie unscheinbar es in dieser Wohnung aussieht. (Laut.) Mein Fräulein, die Entscheidung in Ihrem Conflict mit dem Director des Orianda=Theaters wird noch im Laufe des heutigen Nachmittags erfolgen. Ich habe Herrn Horvath beauftragt, sie Ihnen sofort zu überbringen.

Cornelia. Excellenz, wird sie günstig lauten?

Fürstenegg. Ich zweifle nicht daran. Herr Horvath hat Vollmacht, dem Director eine gewisse Ehren=Entschädigung vor=zuschlagen. Er dürfte kaum widerstehen. — Die Beiden unter=handeln jetzt gerade —

Cornelia. Excellenz, wie soll ich Ihnen für Ihre edel=müthige Hülfe danken. —

Fürstenegg. Dadurch, daß Sie die Erinnerung daran für immer aus Ihrem Gedächtniß streichen.

Zoës (nimmt eine Stickerei zur Hand und nimmt links im Hintergrunde Platz, bei Seite.) Er will mich aus dem Zimmer bringen — — ich stelle mich aber naiv und bleibe.

Fürstenegg (geht um den Ständer herum und lorgnettirt das Zimmer. Leers retirirt vor ihm, indem er sich duckt und be=hutsam um den Ständer herumschleicht). Aber Fräulein, das ist kein Ihrer würdiges Heim. Das Viertel ist nicht comme il faut und die Wohnung selbst harmonirt wenig mit Ihrer Erscheinung.

Cornelia. Eine arme Künstlerin darf nicht anspruchs=voll sein.

Fürstenegg. Im Gegentheil. Wie? Die Kunst, die alle Menschen beglückt und erhebt, sollte entbehren müssen? Bei wem ist der Schönheitssinn, das Verständniß für die feinen Formen des Lebens ausgebildeter als bei der Künstlerin? Mancher Mäcen würde sich glücklich schätzen, die Ungerechtigkeiten des

Schicksals zu verbessern, wenn er nicht fürchtete, mißverstanden zu werden. (Die Thüre rechts öffnet sich halb, Zoës bemerkt es, geht erschrocken einige Schritte darauf zu, und bedeutet dem Hauptmann, welcher etwas sichtbar wird, zurückzutreten. Fürstenegg wendet sich nach Zoës und sagt zu ihr, da er nach ihren Bewegungen glaubt, sie wolle fortgehen.) Gnädige Frau, lassen Sie sich durchaus nicht von mir zurückhalten.

Zoës. Bitte, Excellenz, ich weiß die Ehre zu schätzen.

Fürstenegg (in seinem Gespräch zu Cornelia fortfahrend). Eine Dame wie Sie, die zur Oper zu gehen beabsichtigt, müßte in einem Hotel am englischen Quai wohnen. Das wäre ein Ihrer würdiger Aufenthalt.

Cornelia (seufzend). Ich weiß, die äußere Repräsentation kommt immer dem Talente zu Gute, sie erweckt günstige Vorurtheile.

Zoës (bei Seite). Der Eine offerirt ihr Diners, der Andere ein Hotel, es fehlt nur noch der Menschenfreund mit der Equipage.

Fürstenegg (fortfahrend). Glauben Sie nicht, daß sich z. B. ein Gastspiel an der kaiserlichen Oper für Sie viel leichter ermöglichen ließe, wenn Sie eine Wohnung an der Isaaks-Brücke bezögen und Ihnen der Direktor der kaiserlichen Theater dort vorgestellt würde?

Cornelia. Sie haben wohl Recht, Excellenz, allein ich glaube, daß sich ein echtes Talent doch auch ohne ein Hotel am englischen Quai Bahn brechen kann.

Fürstenegg. Ich zweifle. Einiger mangelnder kostbarer Toiletten halber ist vielleicht manche Patti Gesangslehrerin und manche Lucca Gouvernante geblieben.

Zoës. Das ist nicht sehr wahrscheinlich, Excellenz. Die großen Talente werden übrigens selten in eleganten Hotels entdeckt. Die Hotels sind in der Regel nicht die Ursache, sondern die Folge des Ruhmes. (Setzt sich zwischen Fürstenegg und Cornelia.)

Fürstenegg (seufzt). Ich wollte, ich könnte Ihre Zuversicht theilen. Gestatten Sie, mein Fräulein, daß ich von Ihrer gütigen Erlaubniß Gebrauch mache (setzt sich. Zoës steht auf und stellt sich neben den Ständer, damit Leers durchaus nicht gesehen werden kann). Mir thut es immer herzlich leid, wenn ich eine bedeutende Begabung an kleinen Miseren scheitern sehe. Ich bin reich und liebe es, Jene glücklich zu machen, für die ich Sympathie empfinde. (Wendet sich nun zu Zoës, welche rechts am Ständer steht und sagt für sich.) Diese Wittwe ist von einer Standhaftigkeit! (Laut.) Für mich ist es ein Bedürfniß, mit geistreichen, anregenden Damen zu plaudern.

Leers (der von Zeit zu Zeit sichtbar wird und humoristisch lächelnd Fürstenegg beobachtet, ruft unwillkürlich mit halb unterdrückter Stimme). Na!

Fürstenegg (sieht sich erstaunt nach Zoës um, welche verlegen vor dem Ständer steht und bemerkt im Glauben, sie habe „Na!" gerufen, mit besonderem Nachdruck). Nur zu plaudern — weiter gehen meine Wünsche nicht. Der Enthusiasmus, die Träumereien, die Illusionen der Jugend erfrischen mich. In meinem Alter empfindet man es schmerzlich, keine Kinder, keine Töchter zu haben. Man fühlt sich vereinsamt. Eine intellectuelle Freundschaft zwischen Seelen von gleichem Bildungs= niveau bietet einigen Ersatz für die reinen Freuden der Familie.

Zoës. Leider mißbilligt die verleumdungssüchtige Welt die Freundschaft zwischen jungen Mädchen und älteren Herren.

Fürstenegg (für sich). Frau von Zoës scheint meine Worte zu mißdeuten. Herrgott! (Ist bei diesem Worte ganz nahe an den Ständer gekommen, um den sich Leers wieder vorsichtig herum= drückt. Bei dem Ausruf: Hergott! müssen Alle in dem Glauben, Fürstenegg habe Herrn v. Leers entdeckt, erschreckt zusammenfahren.) Ich weiß garnicht, unter welchem Vorwand ich der armen Ferrer meine Unterstützung aufdrängen soll.

18. Scene.

Vorige. Samara.

Samara (durch die Mitte eintretend). Gnädiges Fräulein, der Herr Kanzler von der Botschaft und der Herr Director des Oriandatheaters —

Fürstenegg. Wie, Herr Horvath ist hier? Und auch Tambow?

Cornelia (zu Samara). Führen Sie die Herren nur herein — — —

Fürstenegg (aufstehend). Sie gestatten, mein Fräulein, daß ich inzwischen auf ein paar Augenblicke in's Nebenzimmer trete.

Zoës (für sich). Himmel! (Geht und stellt sich vor die Thür rechts.)

Cornelia (erschreckt). Wie Excellenz? — Sie wollen? — Ich bitte, bleiben Sie! Meine Wirthin könnte das mißdeuten.

Fürstenegg (zu Cornelia). Herr Tambow darf mich auf keinen Fall sehen. Er würde meine Anwesenheit falsch auslegen und seine Entschädigungsansprüche so hoch schrauben, daß ich sie gar nicht mehr zu erfüllen vermöchte.

Samara (ab durch die Mitte).

Cornelia. Wenn es Ihnen genehm ist, Excellenz, wollen wir die beiden Herren abweisen. (Hinter der Scene hört man sprechen. Bei Seite, für sich). Zu spät! Sie kommen!

(Die Thür im Hintergrunde bewegt sich.)

Fürstenegg (bei Seite, für sich). Ich entschlüpfe. (Huscht, ehe ihn Cornelia aufhalten kann, durch die Thür links.)

Cornelia (sieht, daß Fürstenegg abgeht). Mein Gott, ich bin verloren, er wird ihn finden! — So nahe am Ziel noch zu scheitern!

Zoës. Nur Ruhe, Fassung.

Leers (zwischen den Kleidern auftauchend). Machen Sie sich keine Sorge, mein Fräulein; der Hauptmann ist ja im andern Zimmer.

Zoës. Wer spricht denn von dem Hauptmann?

Leers (verwundert). Ist denn sonst noch Jemand hier?

19 Scene.

Vorige. Horvath. Tambow.

Horvath (mit Tambow durch die Mitte eintretend.) Ich bin im Vorüberfahren für einen Augenblick abgestiegen, um Ihnen jede Minute überflüssiger Unruhe zu ersparen.

Cornelia (zerstreut und in fiebernder Unruhe.) Welche Herzensgüte!

Horvath. Herr Director Tambow machte zwar anfänglich Schwierigkeiten, als ich ihm jedoch andeutete, man wäre nicht abgeneigt, ihm als Entschädigung eine Auszeichnung, eine Decoration zu verschaffen, war er sofort umgewandelt.

Tambow. Meine Fräulein ich bin nicht Unmensch. Man muß wissen mich zu nehmen. Ich will zerreißen nicht nur den Contract, sondern auch vergüten Reisekosten.

Cornelia (seufzend.) Wer wird aber Herrn Tambow die Auszeichnung verschaffen?

Horvath. Natürlich Excellenz. Es kostet ihn nur einen Federstrich. Er ist sehr gütig, und er darf es sein, wenn es sich um das Lebensglück einer schutzlosen Dame handelt und dann—(bei Seite schmunzelnd zu Cornelia.) Herr Tambow erwirkt sich ja positive

Verdienste um die deutsche Kunst, wenn er unsere Landsleute von der Verpflichtung befreit, bei ihm aufzutreten.

Tambow. Nur ruhig Blut, meine Fräulein. Ich hatte auf Ihren vorgestrigen schriftlichen Erklärung hin, nicht zu wollen singen bei mir, bei Polizei erwirkt die Vollmacht, zu arretiren Ihre Sachen. Der Subóbnij Pristav — der Gerichtsvollzieher — ist sogar schon bestellt für heute, allein ich werde ihn schicken fort, sowie ich habe Zusage aus dem Munde Seiner hohen Excellenz. Sein Wort ist mir so viel wie Unterschrift mit Stempel.

Horvath. Gut denn! — Wir begeben uns von hier sofort in's Botschafts=Hotel. In einer Stunde kann ich Ihnen vielleicht schon Ihre Freiheit verkünden.

Cornelia. Herr Kanzler, ich werde Ihnen Ihre Freund= lichkeit nie vergessen (Cornelia und Zoës geleiten die beiden Herren durch die Mitte bis in's Vorzimmer.)

Tambow (im Abgehen.) Nicht nur Attachés, sondern Bot= schafter selbst interessirt sich für Ferrer. Jetzt habe ich Aussichten zu erobern sogar eine wirklichen Orden. (Ab durch die Mitte.)

20. Scene.

Fürstenegg.

Fürstenegg (schlüpft, sowie Tambow, Horvath, Cornelia und Zoës in der Mittelthür verschwinden, aus dem Nebenzimmer. Für sich). Ah! Da traue Einer unschuldsvollen Augen. Ich habe hinter den zusammengerafften Fenster=Vorhängen zwei wie versteinert dastehende hochelegante Herren Lack=Stiefeletten gesehen. Die Ferrer hatte hier in Petersburg bereits einen Liebhaber — Die beiden Damen sind nicht so harmlos, wie sie scheinen, sie sind bereits habitué — reif. Ich darf nicht merken lassen, daß ich Jemanden gesehen.

21. Scene. .

Fürstenegg. Cornelia. Zoës.

(Cornelia u. Zoës kehren wieder durch die Mittelthür zurück.)

Fürstenegg. Nun, mein Fräulein, wie sind Sie mit Herrn Tambow zufrieden? Ist er bereits gezähmt?

Cornelia. Ich glaube, ja Excellenz. Er hat sich mit

Herrn Horvath in's Hotel begeben, um dort mit Excellenz noch persönlich Rücksprache zu nehmen —

Fürstenegg. Da darf ich den Herrn nicht warten lassen, ich muß ihn bei guter Laune erhalten. Meine Damen, gestatten Sie, daß ich mich verabschiede.

Zoës (für sich.) Er zeigt keinen Verdacht —

Cornelia (für sich.) Er hat ihn nicht gesehen. Ah! (Seufzt tief auf). Gott sei Dank!

Fürstenegg (theilnahmsvoll). Sie seufzen, mein Fräulein. Was fehlt Ihnen?

Cornelia (stockend.) Ich — ich fühle mich wie von einem Alp befreit, da meine Angelegenheit so günstig steht.

Fürstenegg. Ach so! (Für sich.) Die kleine Heuchlerin! (Laut.) Ich begreife, mein Fräulein, welche Sorge müssen Sie ausgestanden haben! Doch gestatten Sie, daß ich mich verabschiede.

Cornelia. Excellenz, nehmen Sie meinen tiefsten Dank für Ihre großmüthige Hilfe entgegen.

Fürstenegg. Bitte, bitte, danken Sie nicht, ehe Alles zu Ende ist! (Bei Seite.) Sie heuchelt gut! (Verbeugt sich sehr höflich. Cornelia und Zoës geleiten Fürstenegg bis an die Mittelthür, der durch dieselbe abgeht.)

22. Scene. 114

Cornelia. Zoës. Später Leers. Lodron. Salmen.

Cornelia. War das eine schreckliche Lage! Ich bebe noch am ganzen Körper.

Zoës. Ringsum Fußangeln! Excellenz brauchte einen falschen Tritt zu thun und wir waren verrathen. Doch nun ist alle Gefahr vorbei! Ich freue mich so sehr darüber, daß ich Dich umarmen muß. (Umarmt Cornelia.)

Cornelia. Auch ich bin glücklich. Wir sind nun von aller Angst und Sorge befreit.

Zoës. Nun sollen aber die Herren vor! Wir müssen uns gegen etwaige böse Nachreden der Wirthin sicherstellen.

Cornelia. Du hast Recht. Wir müssen jeder Mißdeutung vorbeugen.

Zoës (geht zum Ständer, wo Leers verborgen ist.) Bitte, Herr von Leers, kommen Sie heraus.

Leers. (Wickelt sich aus den Kleidern.) Endlich schlägt die

4

die Stunde der Befreiung! (Cornelia geht an die Thüre links, Zoës an jene rechts.)

Cornelia (hineinrufend.) Bitte, Herr Baron.

Zoës (hineinrufend.) Bitte, Herr Hauptmann.

Leers (für sich.) Himmel! Die Friedhofsscene aus „Robert der Teufel" — überall tauchen Gestalten auch!

Lobron. Nun, da ist ja die ganze Liebesbotschaft bei=sammen.

Zoës. Meine Herren —

Die drei Herren. Meine Herren. — (Sie begrüßen sich.)

Zoës. Sie werden uns nicht zürnen, wenn wir Sie bitten, sich gegenseitig zu erklären, weshalb Sie gekommen sind und weshalb Sie sich versteckt haben.

Lobron (nach dem Vordergrunde kommend).

Leers (boshaft.) Weshalb sind Sie denn eigentlich hier, lieber Lobron?

Lobron. Die beiden Damen erweckten meine Theilnahme und ich kam, um sie vor sämmtlichen Attachés der Botschaft, mich inbegriffen, zu warnen. Doch was haben Sie denn hier zu thun, Herr von Leers?

Leers (stellt sich, als ob er falsch gehört hätte und glaubte, die Frage sei an Salmen gerichtet worden.) Richtig, Herr von Salmen was haben Sie hier zu thun?

Salmen. Ich habe die Ehre, Ihnen Fräulein Ferrer als jene Dame vorzustellen, deren Bekanntschaft ich in Berlin ge= macht. Und damit Sie, meine Herren, über den Charakter meiner Neigung vollständig in's Klare kommen, erlaube ich mir Ihnen Folgendes mitzutheilen. Ich war nur gekommen, um die Hand des Fräulein Ferrer anzuhalten und ihr dann meine Liebe zu erklären. Ich wurde jedoch abgewiesen.

Leers. Das glaube ich, wenn Sie es verkehrt anstellen. Man erklärt doch zuerst —

Salmen. Aber jetzt, wo der Contract so gut als gelöst, darf ich den Versuch doch erneuern. (Will Cornelia die Hand küssen.)

Leers (für sich). Auf diese Lösung war ich nicht gefaßt. Ich stehe niedergedonnert da, wie der Gast an der Table d'hôte, dem ein Anderer den besten Bissen vom Munde wegnimmt. (Laut.) Meine herzlichsten Glückwünsche.

Cornelia (zu Salmen, die Hand zurückziehend). Ich muß Ihren hochherzigen Antrag nochmals ablehnen, Herr Baron. So lange der Contract nicht definitiv gelöst ist, bleibe ich immer Mitglied des Orianda=Theaters.

Lodron. Haben Sie doch Erbarmen, meine Gnädige. Einen Liebenden zum Schweigen verdammen ist ebenso grausam, als einem Maler im Augenblicke der höchsten Inspiration den Pinsel wegnehmen.

Zoës. Nein, nein, wir dürfen nicht eine Minute zu früh von der Haltung abweichen, die uns unser Selbstgefühl vorschreibt.

Salmen. Nun, es handelt sich nur um einen Aufschub von ein paar Stunden und so fasse ich mich in Geduld.

23. Scene.

Vorige. Samara.

Samara (durch die Mittelthüre eintretend). Herr Tambow ist draußen.

Cornelia (freudig). Tambow? Ach, er bringt gewiß den Contract zurück. Bitte, lassen Sie ihn eintreten.

Zoës. Weshalb ringen Sie die Hände, Frau Samara?

Samara. Der Sudébnij Pristaw kommt mit ihm! (Ab durch die Mitte.)

Zoës. Sudébnij Pristaw? Wer ist das?

Lodron. Der Gerichtsvollzieher? Was hat das zu be=deuten?

Zoës (betroffen). Der Gerichtsvollzieher! Mir ahnt Schlimmes.

24. Scene.

Vorige. Tambow. Der Sudébnijj=Pristaw.

Tambow (zu dem Gerichtsvollzieher, mit dem er durch die Mitte eintritt). Versiegeln Sie alle diese Sachen hier! Hier ist Vollmacht von der Polizei. (Begrüßt die Anwesenden.) Guten Tag, meine geehrten Herren und meine geehrten Damen. Ich bedaure, meine Fräulein, ich muß benutzen mein Recht. Man erfüllt nicht die Versprechungen, die man mir hat gemacht.

Cornelia. Um Gotteswillen, was ist denn vorgefallen?

Tambow. Sie sind gefallen bei hohe Excellenz vollständig in Ungnade. Er wollte mir anbieten als Entschädigung für Ihren Contract ein Medaille für Verdienste. Ein Medaille für Verdienste! Bin ich Kapellmeister oder Kautschuckmann? Solch' ein Behandlung gefällt mir nicht, mir, dem Fürst Gagarin,

4*

(der Ton fällt auf die zweite Silbe) jedes Mal, wenn er kommt in's Theater, eigenhändig klopft auf die Schulter! Nykagbá! (Jede Silbe wird für sich ausgesprochen, der Ton jedoch auf die letzte gelegt.)

Salmen. Ich begreife nicht? Weshalb hat denn Excellenz so schnell seine Gesinnung gewechselt? —

Zoës (verzweifelt). Errathen Sie nicht? Er hat Sie vorhin in dem Nebenzimmer bemerkt, und ist entschlüpft, um unseren Erklärungen auszuweichen. (Zoës und Cornelia gehen mit Geberden des Schreckens hin und her, Salmen und Leers folgen ihnen und suchen sie zu beruhigen.)

Leers. Solch' ein diplomatischer Rückzug sieht Excellenz ähnlich. —

Lobron. Das Alles danken Sie leider uns.

Leers. Wir haben Ihnen gegenüber eine Schuld auf dem Gewissen, die wir nie bezahlen können.

Tambow (zu Salmen). Ich bedauere Baron. Es geht nicht. Wenn Jemand bei mir nicht auftritt, das ist erstens eine Beleidigung meiner Person, eine Beleidigung meiner Akteure, ein moralischer Verlust, eine Verschmähung meines Faches in der Kunst. Berechnen Sie darnach einmal den Pönale. — Ein Medaille für Verdienste! Das ist eine Satire! (Zu Cornelia.) Meine Fräulein, bereiten Sie sich vor. Morgen werden Sie angeschlagen an die Säulen, übermorgen· müssen Sie singen.

Salmen. Herr Tambow, gewähren Sie Fräulein Ferrer eine Frist. — Ich werde ordnen. (Sagt Tambow etwas in's Ohr.)

Tambow. Bis morgen Mittag will ich noch warten, aber nicht einen Minute länger. (Zum Pristaw, der im Anlegen der Siegel innehält.) Versiegeln Sie nur weiter! Die Sachen müssen auf alle Fälle werden arretirt.

Samara (steht hinten mit einem Regenschirm in der Hand, zum Pristaw). Sie werden doch nicht auch den Regenschirm —

Tambow (mit grobem Humor). Warum nicht? Er ist ja nicht naß ... Versiegeln Sie nur Regenschirm, Herr Pristaw! Er hat einen Griff aus Elfenbein. (Der Pristaw geht nach rechts an den Tisch.)

Samara. Aber die schönen Perrücken!

Tambow. Beruhigen Sie sich ... Haare von Perrücken werden nicht grau aus Gram über Pfändung. Versiegeln Sie, Herr Pristaw! (Reibt sich vergnügt die Hände und mustert den Kleiderständer). Wie solch'·eine Pfändung gleich den Thatkraft

beflügelt! O, sie werden mir schon bringen den Orden von
Excellenz . . . (Zieht geschäftsmäßig und ohne irgend welche
komische Gesten zwischen den Theater-Costumen des Kleiderständers
eine decolletirte Taille aus Sammet ohne Aermel und einen Capotten-
Kopfputz hervor und überreicht sie dem Pristaw.) Versiegeln Sie
nur weiter, Herr Pristaw!

Cornelia. Ich vergehe vor Scham.

Lobron. Aber mein Fräulein, halten Sie den Kopf hoch!
Wir sind die Schuldigen, Sie das Opfer.

Leers. So ist es. Der Pristaw drückt das Siegel auf
unsere Schmach.

Salmen. Meine Herren. Wir müssen sofort zu Excellenz
und ihm seinen Irrthum klar machen.

Tambow. Vermitteln Sie, meine Herren, vermitteln Sie,
so lange es noch ist Zeit. Sie werden treffen jedoch jetzt kaum
mehr hohe Excellenz in der Botschaft. Er ist gefahren zur
Pianistin Clodius, um zu holen persönlich Billets für ein Wohl-
thätigkeits-Vorstellung.

Salmen. Dann suchen wir ihn bei Fräulein Clodius auf.

Lobron. Excellenz muß nachgeben. Wir werden das
Aeußerste aufbieten.

Cornelia. Meine Herren, wir stehen vor einer Entscheidung.
Da dürfen auch wir Frauen nicht thatlos bleiben. Wir gehen
mit, wir begleiten Sie. Rasch, Frau Samara, unsere Mäntel,
unsere Handschuhe! (Die Herren suchen mit Samara, und helfen
den Damen beim Ankleiden.)

Zoës. Cornelia, ich erkenne Dich nicht wieder. Nun, mir
ist's recht, ich bin immer für den geradesten Weg. Frau Samara,
unsere Hüte, bitte!

Leers. Auf zum Siege! Verlassen Sie sich ganz auf
uns, meine Damen! Mögen wir verurtheilt werden, zehn Jahre
bei Seemuscheln und gefälschtem Bordeaux zu leben, wenn wir
Ihnen nicht noch heute auf den Knieen Ihren Contrakt als Düte,
mit Pralinés gefüllt, überreichen.

Der Vorhang fällt.

Ende des zweiten Aktes.

Dritter Aufzug.

(Salon bei Albine Clodius. Linke Seite der Bühne: Erstes Coulissenfeld: ein eleganter Tisch, hinter demselben mit der Rücklehne gegen den Hintergrund gewendet ein Sopha, rechts und links Fauteuils. Zweites Coulissenbild: ein Kamin, darauf bunte Vasen, Makart= bouquets, ein Samovar, ein Bowleschränkchen, eine Porzellan=Uhr, Meißner=Figuren. Ecke links: Ständer mit Kränzen und Schleifen, eine Säule mit Fruchtschale. Rechte Seite der Bühne: Erstes Coulissen= feld: ein Ruhelager, eine Noten=Etagère. Zweites Coulissenfeld: ein geöffneter Concert=Flügel. Drittes Coulissenfeld: eine Thüre. Ecke: ein Runddivan mit Tisch, dahinter ein Blumen=Aufbau. Hintergrund: Links ein Schrank mit Figuren, ein Kredenztisch, in der Mitte eine Thüre mit Portière. An der Wand: Portraits von Wagner, Liszt, Rubinstein rc.)

1 Scene.

Albine. Fürstenegg (Beide sitzen am Tische links.)

Fürstenegg. Darf ich mir nun erlauben, mein Fräulein, Ihnen meinen bescheidenen Beitrag einzuhändigen. (Uebergiebt Albine ein großes Couvert, aus dem man die Ränder von Bank= noten hervorstehen sieht.) Ich hoffe, daß die Ueberschwemmten von Tiflis durch Ihr Concert bald wieder in's Trockene kommen werden.

Albine (nimmt mit einer Verbeugung das Geld in Empfang.) Ich danke im Namen meiner Armen für Ihre Großmuth, Excellenz.

Fürstenegg. Haben Sie bereits viele Billets verkauft?

Albine. Es geht recht gut. Es waren bereits mehrere Herren der hohen Aristokratie hier.

Fürstenegg (macht Miene, sich zu erheben, setzt sich jedoch wieder.) Erlauben Sie, mein Fräulein, noch eine Frage. Bei ihrem Concert wirkt auch eine Dame mit, die sich wegen eines unglücklichen Contracts an unsere Botschaft gewandt hat: ein Fräulein Ferrer. Kennen Sie dieselbe näher?

Albine. O wir sind Busenfreundinnen. Es ist ein braves, harmloses, sehr liebenswürdiges Mädchen. Ich selbst habe ihr den Rath gegeben, sich an Excellenz zu wenden!

Fürstenegg. Ich werde ihr leider wenig nützen können — Der Director des Orianda-Theaters stellt unerfüllbare Ansprüche und er ist ein hartnäckiger Patron. Schade, schade! (Forschend.) Ist denn die Arme an Niemanden in Petersburg empfohlen? Vielleicht an Personen von Einfluß, an einen Banquier oder —

Albine. Nicht daß ich wüßte. —

Fürstenegg (für sich.) Seltsam, wer mag der Herr im Zimmer nur gewesen sein? (Laut.) Aber die Bedauernswerthe wird hier vielleicht Freunde, Angehörige haben? — Einen Onkel, Schwager oder — Cousin.

Albine. Ich glaube nicht, sie würde es mir sonst erzählt haben —

Fürstenegg. Auf wessen Schutz rechnet denn die Dame eigentlich hier in Petersburg?

Albine. Auf den Ihrigen, Excellenz.

Fürstenegg. Ich, wünschte, ich vermöchte ihr Vertrauen zu rechtfertigen. (Man hört klingeln.) Es scheint Besuch zu kommen.

Albine. Er kann warten — Bitte, Excellenz, bleiben Sie —

Fürstenegg. Nein, mein Fräulein, wo es sich um die Armen handelt, muß auch ein Botschafter zurückstehen.

Albine. Wir wollen erst hören, wer gekommen ist — Wenn Ihnen die Herrschaften genehm sind, Excellenz, kann ich sie vielleicht in Ihrer Gegenwart empfangen. Es wird meinem Wohlthätigkeits-Concert sehr nützen, wenn man erfährt, daß sich Excellenz persönlich für dasselbe interessiren. (Erhebt sich und geht auf die Mittelthüre zu. Die Mittelthür öffnet sich, Nikolajewna erscheint.)

Albine. Wer ist gekommen, Nikolajewna?

Nikolajewna (in gebrochener russisch=deutscher Aussprache.) Baron von Salmen, Hauptmann Lobron und Freiherr von Leers mit zwei Damen, die ich nicht kenne.

Fürstenegg. Meine Herren Attachés! Da sind wir ja unter lauter guten Bekannten. Bitte, lassen Sie die Herrschaften nur eintreten.

Albine (giebt Nikolajewka einen Wink, worauf diese sich wieder entfernt.)

Fürstenegg. Meine Herren Attachés beschämen mich, sie lösen nicht nur für sich Billets, sie führen Ihnen auch Ab= nehmerinnen zu. Wahrscheinlich werden dieselben nicht blos sehr mildthätig, sondern auch sehr hübsch sein. (Die Mittelthüre öffnet sich, Fräulein Ferrer, Frau von Zoës, von Salmen, von Leers und Lobron treten ein.)

Albine. Was sehe ich? Fräulein Ferrer und Frau von Zoës? Was führt denn die hierher? — Entschuldigen, Excellenz. (Geht den Eintretenden entgegen.)

2. Scene.

Fürstenegg. Albine. Cornelia. Zoës. Salmen. Leers. Lobron.

Fürstenegg (aufspringend, für sich.) Himmel! Die beiden Damen haben sich an meine Attaché's um Hülfe gewandt. Sie haben errathen, daß ich den Herrn im Nebenzimmer gesehen und glauben, daß ich seinethalben die Unterhandlungen mit Tambow abgebrochen. (Laut mit geheuchelter Unbefangenheit.) Ah, meine Damen, ich freue mich, Sie wiederzusehen. Sie kommen wahr= scheinlich, um mit unserer reizenden Wirthin eine Gesangprobe abzuhalten.

Zoës. Nicht so ganz, Excellenz.

Fürstenegg (für sich). Ich muß jeder Auseinandersetzung ausweichen. (Laut.) Meine Herren Attaché's, ich freue mich, Sie hier zu treffen. (Plaudert mit den Herren weiter.)

Zoës (bei Seite zu Cornelia). Soll ich das Wort führen?

Cornelia. Nein, Fritzi, ich danke, diesmal will ich selbst sprechen. Excellenz, darf ich Sie auf ein paar Worte um Gehör ersuchen —

Fürstenegg (für sich). Sie will mich verhören . . . ich danke. (Laut.) Ich bedauere außerordentlich, in dieser liebens= würdigen Gesellschaft nicht länger verweilen zu dürfen — (blickt nach der Uhr auf dem Kamin) ich habe, wie ich sehe, bereits eine viertel Stunde Verspätung. — Ich muß leider fort.

Zoës (bei Seite zu Salmen, Leers, Lobron). Mein Gott, Excellenz will uns entschlüpfen —

Cornelia (leise zu den Herren). Ach, meine Herren, suchen Sie ihn zurückzuhalten.

Leers (halblaut). Hilfe ist da! (Vertritt Fürstenegg den Weg, zieht seine Uhr aus der Tasche und zeigt sie vor.) Excellenz brauchen sich nicht zu beeilen. Die Uhr des Fräulein Clodius geht um dreiviertel Stunden vor. —

Fürstenegg (ärgerlich, für sich). Sapristi, man kann sich doch nie auf fremde Uhren verlassen. Glücklicherweise geht die meine auch unrichtig. (Weist seine Uhr vor, laut.) Ich darf Ihrer Uhr doch nicht trauen, Herr von Leers, denn sie stimmt auch mit der meinen nicht überein — sie hinkt nach (will fort). Meine Herrschaften, ich empfehle —

Salmen (vertritt Fürstenegg den Weg, zieht seine Uhr aus der Tasche und weist sie vor). Excellenz, ich versichere Sie, die Uhr des Herrn von Leers ist in Ordnung, sie stimmt mit der meinen auf die Sekunde —

Lobron (vertritt gleichfalls Fürstenegg den Weg, zieht seine Uhr aus der Tasche und weist sie vor). Die Uhr auf dem Kamin geht in der That gerade um volle dreiviertel Stunden vor.

Albine. Es wird richtig sein. Ich merke schon längere Zeit, die Uhr hat mein Temperament.

Fürstenegg. Die Ordnungsliebe der Diener meiner Attachés zwingt mich zur Ergebung. (Zu Cornelia.) Fräulein Ferrer. Bitte, nehmen Sie Platz und sprechen Sie, da ich in der That noch einige Minuten Zeit zu haben scheine . . .

Leers (bei Seite rasch zu Cornelia und Zoës). Wir müssen Excellenz dazu bringen, sich zu setzen. Es ist ein Naturgesetz, wer sich einmal gesetzt hat, ist leicht festzuhalten.

Fürstenegg. Ich bitte, meine Damen, nehmen Sie doch Platz — ich bin ganz zu Ihrer Verfügung.

Zoës. Bitte, machen Sie uns ein Bischen Muth, Excellenz, indem Sie sich zuerst setzen. Mit einem Herrn kann man sich noch außerhalb des Hauses ausführlich aussprechen, wenn man ihn zum Sitzen bringt, allein niemals mit einem Herrn innerhalb der Thürschwelle, der reisefertig mit dem Hut in der Hand steht. (Weist mit der Hand bittend auf ein Fauteuil.)

Fürstenegg. Wenn Sie es durchaus wünschen. (Giebt

den Damen ein Zeichen, sich zu setzen, hierauf setzt er sich auch. Für sich.) Sei's nieder auf die Anklagebank! Doch ich will's auch machen wie Angeklagte . . . ich weiß von Nichts.

Cornelia. Excellenz, Sie verzeihen, daß ich Sie in fremder Wohnung festhalte, Sie gleichsam überfalle. Möge die ungewöhnliche Lage, in der ich mich befinde, den ungewöhnlichen Schritt entschuldigen. Excellenz haben meinen Stolz tief verwundet. Wie mochten Sie annehmen, ich würde mich nicht rechtfertigen können, weil der Schein gegen mich war? Sie hätten besser von mir denken müssen.

Fürstenegg (mit geheuchelter Unschuld). Ich verstehe Sie nicht, mein verehrtestes Fräulein. (Für sich.) Es ist richtig; sie ahnt, daß ich die Lackstiefeletten gesehen.

Cornelia. Excellenz, Ihre Huld hat sich in einer Stunde in Ungnade verwandelt. Sie müssen also in Folge irgend einer Beobachtung Argwohn gegen mich gefaßt haben —

Fürstenegg. Aber, mein Fräulein, wie kommen Sie auf solche Vermuthungen. —

Cornelia. Ich beschwöre Sie, Excellenz, weichen Sie mir nicht aus. Ein offenes Wort, eine ehrliche Mißbilligung wären für mich eine Erlösung, denn ich könnte dann Ihren Verdacht widerlegen. (Pause.) Sie schweigen? Nun so muß ich eine Erklärung erzwingen. Nicht wahr, Excellenz haben bemerkt, daß noch Jemand, ein Herr, in dem Nebenzimmer war, in das Sie sich begeben hatten . . . und um uns nicht in Verlegenheit zu setzen, entfernten Sie sich, ohne Ihre Entdeckung zu verrathen. Ist es so?

Fürstenegg. Da Sie durchaus eine offene Antwort verlangen, darf ich nicht leugnen. — (Für sich.) Sie ist kühn, sie muß eine ausgezeichnete Ausrede vorbereitet haben. —

Cornelia. Nun, Excellenz, zur Zeit Ihrer Anwesenheit war in unserer Wohnung nicht ein, es waren drei Herren verborgen —

Fürstenegg (versteinert). Drei . . . Herren!

Zoës. Und Sie kennen dieselben, Excellenz —

Fürstenegg (schnellt in die Höhe, gleichzeitig erheben sich alle Anderen). Drei Herren, die mich kennen!! (Für sich.) Ich danke, die haben gehört, was ich gesprochen.

Cornelia. Jene drei Herren stehen hier —

Zoës (vorstellend). Herr Baron von Salmen, Freiherr von Leers, Herr Hauptmann Lodron —

Fürstenegg (auf das Freudigste überrascht). Wie? Nur

'meine Herren Attachés waren es, nicht ein Beschützer, nicht ein älterer, will sagen ein früherer Freund, der meine Intervention als überflüssig erscheinen ließ? Ah! Ah! Das ist freilich etwas Anderes. (Sich zu Salmen, Lodron, Leers wendend.) Und Sie, meine Herren, waren gegen meine ausdrückliche Bitte dort. (Liebenswürdig mit dem Finger drohend.) Sieh da! Die Baronin Leontieff hatte also doch Recht! Die Liebesbotschaft ist keine Erfindung, sie ist eine Thatsache. Es ist erstaunlich, wie rasch sich die Schauspielkunst und die Diplomatie zusammenfinden —

Leers (scherzhaft einlenkend). Excellenz, das ist der Zauber der Berufs-Verwandtschaft. Wir vertreten die Könige aus den Reichen der Wirklichkeit, die Künstlerinnen vertreten die Königinnen aus dem Reiche der Phantasie und Komödie spielen müssen wir Alle —

Salmen. Excellenz sind doch nicht ungehalten, daß wir gegen Ihren Wunsch die Damen aufgesucht.

Cornelia. Die Herren waren gekommen, um mich über den Stand der Contracts-Angelegenheit zu unterrichten.

Fürstenegg (lachend). Ein diplomatischer Kunstgriff ... ich kenne das. (Droht Salmen, Leers und Lodron wieder launig mit dem Finger, für sich). Die Ferrer ist bezaubernd! Dieser bescheidene Augenaufschlag! Diese keusche Enthaltsamkeit in den Bewegungen!

Zoës. Jeder führte jedoch wichtige Gründe an, daß er von seinen Herren Collegen nicht gesehen werden dürfe. —

Leers. Nur aus Vorsicht Excellenz, damit Sie nicht erfahren, daß wir so herzlos waren, Ihre Wünsche nicht zu berücksichtigen.

Fürstenegg. Das ist ja allerliebst! Und so gingen die Herren einander aus dem Wege ... Jeder in ein anderes Zimmer! Meine Herren, mir scheint, Sie sind, kaum daß wir heute Vormittag die Conferenz geschlossen hatten, schnurstracks Einer nach dem Andern zu den Damen geeilt?

Leers. So ist es Excellenz. —

Fürstenegg. Da war allerdings eine Karambolage unausbleiblich. (Nachdenkend.) Aber wo haben denn die Herren gesteckt? So viel ich mich erinnere, sind ja nur zwei Nebenzimmer vorhanden ... Vier Personen auf zwei Zimmer... Es scheint wir waren Alle paarweise vertheilt.

Zoës. Nein Excellenz, Herr von Leers verschmachtete hinter dem Kleiderständer in dem Empfangssalon ...

Fürstenegg. Sieh da! Hinter dem Kleiderständer. Aber

wie kommt's, daß ich Sie da gar nicht bemerkte, ich erinnere mich doch, denselben mehrere Male . . . (Beschreibt mit der Hand einen großen Kreis.)

Boës. Umkreist zu haben — Herr von Leers wich immer sehr geschickt aus. —

Lobron. Er bewegte sich vermuthlich korrekt nach den Regeln des Gravitationsgesetzes.

Leers (übermüthig). Ja ich schmeichle mir die schwierige Umlaufsbewegung um den Kleiderständer mit der Anmuth eines Planeten vollführt zu haben.

Albine (bei Seite, zur Gruppe gewandt, unter welcher Leers steht.) Herr von Leers. Ich bin erstaunt, daß man ein böses Gewissen haben und so vergnügt sein kann. Sie waren auch dort? Haben sich sogar hinter Weiberröcke gesteckt? Ist das Ihre gerühmte Treue!

Leers (für sich.) Himmel ich hatte gar nicht mehr daran gedacht, daß die Clobius auch zugegen ist. (Spricht mit Clobius, man merkt, daß er sie zu beschwichtigen sucht.)

Boës (zu Lobron.) Der Arme ahnt nicht, daß Fräulein Clobius auch den Korb mit Delicatessen besitzt, den er der Ferrer geschickt hat — das wird eine hübsche Abrechnung werden.

Fürstenegg (für sich, mit großer Befriedigung.) Ich habe mich unter Allen entschieden am taktvollsten benommen. Das wird auf die Ferrer nicht ohne Eindruck geblieben sein. (Laut.) Meine Damen, Sie sind glänzend gerechtfertigt! Ich bedauere lebhaft, daß in Folge der übereilten Anstandsvisiten meiner Herren Attachés ich für einen Augenblick glauben konnte, daß eine andere, eine berechtigtere Persönlichkeit da sei, um Sie zu schützen. — Ich hoffe, Sie entschuldigen huldvoll meine Herren Attachés . . .

Cornelia. Gerne. Es war ja nur übereifrige Freund=schaft —

Fürstenegg. Freundschaft? Nun Freundschaft und Freund=schaft das sind grundverschiedene Dinge. Die Eine ist echt, die Andere ist es nicht. Es giebt z. B. eine Freundschaft, die ist wie jene Kaktusart, die auf einen Schlag aufblüht, allein inner=halb zwölf Stunden schon wieder verwelkt. (Nachsinnend). Wie heißt sie nur gleich — diese unzuverlässige Kaktusart . . .

Leers. Die Königin der Nacht — Cereus grandiflorus.

Fürstenegg. Richtig. Cereus grandiflorus. Ich danke.

Albine (spitz). Herr von Leers scheint die unzuverlässige

Kaktusart sehr genau zu kennen. Es ist wohl seine Lieblings=
blume . . .

Lobron (lachend.) Kaum. Da sie nicht zu den Genuß=
mitteln gehört . . .

Leers (spitz). O sie hat trotzdem ihre Vorzüge . . . Sie erinnert
mich durch ihre Stacheln immer an mir nahestehende liebe Per=
sonen. (Leise zu Lobron und Salmen.) Statt mich zu persifliren
paßt lieber auf. Excellenz sucht Euch bei den Damen zu
diskreditiren.

Fürstenegg (hat lächelnd zugehört, und fährt nun, die Ferrer
dabei feurig anblickend, fort.) Ja, der Königin der Nacht gleicht
die eine Art der Freundschaft. Dagegen giebt es eine andere
Art der Freundschaft . . . die ist wie die Edelkoralle. Sie wächst
zwar nur langsam, setzt bescheiden Knospe an Knospe an,
allein mitten in den Stürmen steht sie dann unerschütterlich und
leuchtet und glänzt, als ob nicht ein Hauch die Meeresfläche
trübte. (Mit geheuchelter Unbefangenheit, die Attachés anblickend.)
Ist meine Definition nicht zutreffend meine Herren?

Lobron (blickt, ohne daß Fürstenegg es merkt, Zoës
fest an, verbeugt sich und legt die Hand auf's Herz.) Gewiß.
Die wahre Freundschaft setzt bescheiden Knospe an Knospe an —

Salmen (blickt die Ferrer bedeutsam an und drückt seine
beiden Hände inbrünstig ans Herz). Die wahre Liebe — Pardon
die wahre Freundschaft — steht unerschütterlich fest in allen
Stürmen —

Leers. Excellenz meinen Sie nicht, daß für ein Symbol
der Freundschaft die Farbe der Edelkoralle ein Bißchen sehr
röthlich ist.

3. Scene.

Vorige. Nikolajewna.

Nikolajewna (tritt durch die Thür im Hintergrunde ein und
winkt Albine zu sich.)

Albine. Was giebts?

Nikolajewna. Direktor Tambow ist draußen — er will
sprechen mit der Fräulein Ferrer.

Cornelia. Tambow.

Lobron. Er verfolgt uns wie die Sorge in der Horazschen
Ode den Reiter . . . Post equitem sedet atra cura.

Leers. Natürlich, er kann es nicht erwarten, sich einen Orden anzuknöpfen.

Albine. Es rast der Direktor und will einen Orden haben.

Nikolajewna. Er hat in Hand ein Schreibheft.

Zoës. Ein Schreibheft? Es wird wohl nur ein Verzeichniß der versiegelten Gegenstände sein. —

Albine. Soll ich ihn eintreten lassen — Excellenz.

Fürstenegg. Gewiß, er kommt uns sehr gelegen — ich bitte nur noch einen kleinen Augenblick zu warten.

Albine (giebt Nikolajewna einen Wink zu warten.)

Nikolajewna (bleibt an der Thüre stehen.)

Fürstenegg. Fräulein Ferrer, ich habe Ihnen heute Vormittag meinen — väterlichen Schutz zugesagt, ich will zeigen, daß es nicht eine eitle Versprechung war.

Cornelia. Excellenz schenken uns Ihre Huld wieder?

Fürstenegg. Welche Frage. —

Zoës. Ich danke Ihnen aus tiefstem Herzen. Sie werden den Contract rückgängig machen? Tambow die Auszeichnung bewilligen.

Fürstenegg. Die Auszeichnung, die er verlangt, seitdem er unsere Sympathie für Sie errathen hat ... das ist allerdings unmöglich. Sie werden begreifen, ich kann für einen Mann, der eine Künstlerin von Rang in der brutalsten Weise verfolgt, der sogar gedroht die Polizei aufzubieten und Ihre Effecten, Fräulein Ferrer mit Beschlag belegen zu lassen —

Cornelia. Ach Excellenz, das ist auch bereits geschehen.

Fürstenegg. Bereits geschehen? Unerhört! Nein, nein, für einen solchen Mann kann ich bei der Regierung unmöglich um einen Orden einkommen — das wäre gegen mein Amtsgewissen. Man würde sich erstaunt fragen: Welcher Staat wirft denn an derartige Patrone Auszeichnungen weg ...

Cornelia. Sie haben nur zu sehr Recht, Excellenz. Ich begreife Ihre Strupel — allein was soll aus mir werden? Tambow ist zum Aeußersten entschlossen.

Fürstenegg. Wir werden ihm einfach die Conventionalstrafe anweisen lassen — natürlich verehrtes Fräulein auf Staatskosten — Sie brauchen sich nicht verletzt zu fühlen.

Zoës. Das würde wenig nützen, Excellenz, denn in unserem Contract steht, die Zahlung der Conventionalstrafe hebt die Verpflichtung der Contrahentin gegen die Direktion nicht auf.

Fürstenegg (erstaunt.) Hebt die Verpflichtung nicht auf? Das sind wunderliche Verträge. Nun dann will ich selbst mit Tambow sprechen, damit er seine Ansprüche wieder mäßigt. Artigkeit ist eine große Macht, sie entwaffnet auch den Mann aus dem Volke. — (Zu Albine). Bitte Fräulein Clodius, lassen Sie Herrn Tambow nun eintreten.

Albine (giebt Nikolajewna einen Wink, worauf sich diese entfernt.)

Salmen (mit freudiger Zuversicht.) Excellenz, Ihr Plan ist ausgezeichnet. Tambow wird sich durch Ihre Herablassung geschmeichelt fühlen.

Lobron. Seine Forderungen herabsetzen, nachgeben.

Fürstenegg (feierlich). So ist es. Der große Napoleon, ein profunder Psychologe und feiner Diplomat, sagte: Il faut croire aux vertus des hommes pour les leurs inspirer. Nun ich werde Herrn Tambow zeigen, daß ich an seine Tugenden glaube, daß ich ihn für einen Ehrenmann halte und er wird sich dann in Folge eines inneren Zwanges als Ehrenmann benehmen. Die Diplomatie soll uns helfen, den Sieg zu vervollständigen.

4. Scene.

Cornelia. Zoës. Albine. Leers. Salmen. Lobron. Fürstenegg. Tambow.

Tambow (tritt mit einem Notenheft in der Hand durch die Mittelthüre ein, für sich). Es steht Alles vortrefflich! (Verbeugt sich tief nach allen Seiten; laut.) Meinen Hochachtung Allen zusammen. (Zu Fräulein Ferrer, indem er ihr das Notenheft aufzubrängen sucht, das dieselbe jedoch nicht annimmt.) Meine Fräulein, Sie entschuldigen, daß ich Sie bis hierher folge, aber ich vergaß, Ihnen zu überliefern eine neue Rolle. Damit Sie sich nicht sollen beklagen, sie sei Ihnen geworden zugeschickt zu spät, bin ich Sie nachgeeilt.

Salmen (Tambow auf das Artigste zu sich winkend). Excellenz gestatten, daß ich Ihnen Herrn Director Tambow, eine der populärsten Persönlichkeiten Petersburgs, vorstelle . . .

Fürstenegg (sehr freundlich). Bitte, Herr Director, nehmen Sie Platz — ich freue mich, Ihre Bekanntschaft zu machen . . .

Tambow (sich setzend, für sich). Aha! Sind schon geworden mürbe . . . Das muß ich ausnutzen.

Fürstenegg. Mein lieber Herr Director, ich bedauere leb=
haft, daß ich Ihren Wunsch vorläufig nicht erfüllen kann. Es
ist mir gegenwärtig noch unmöglich, eine Form zu finden, unter
der ich für Sie um eine Auszeichnung ansuchen könnte. Durch
Ihr bisheriges, etwas — rasches und — heißblütiges Vorgehen
gegen Fräulein Ferrer haben Sie mir leider die Möglichkeit
dazu benommen.

Tambow. Wieso, hohe Excellenz? Habe ich nicht aus=
gezeichnet die Fräulein? Ich habe ihr festgesetzt eine Conventional=
strafe wie einer ersten Aktrice —

Lobron (für sich). Der Spitzbube, um ihr jeden Rücktritt
unmöglich zu machen.

Fürstenegg. Der Fall, lieber Herr Director, würde jeden=
falls anders liegen, wenn Sie etwa aus Sympathie für Deutsch=
land, oder aus menschlichem Mitgefühl, aus Herzensgüte, aus
Edelmuth, Fräulein Ferrer freiwillig frei gegeben hätten.

Salmen (Tambow leise zuflüsternd). Oder noch freigeben
würden —

Fürstenegg. Das wären moralische Verdienste gewesen,
auf die ich mich in einer Eingabe hätte berufen können.

Tambow (für sich, schlau). Oho! Die wollen mich machen
dumm. (Laut.) Meine Herren Wohlthäter, Sie sollten mich
nicht necken. Edelmuth, ich als Kleinbürger, ich als Geschäfts=
mann! Das wäre Anmaßung! Edelmuth ist Sache für Cava=
liere. Tambow läßt reden mit sich, Tambow läßt unterhandeln
mit sich, aber seien Sie gnädig und sprechen Sie nicht mehr von
Edelmuth . . . Politik wird ja auch nicht gemacht mit Edel=
muth —

Fürstenegg. Nun gut! Wir werden Sie vor der Hand
in anderer Weise zu entschädigen suchen, Herr Tambow.

Tambow. Aber bitte, hohe Excellenz, sprechen Sie nicht
wieder von Medaille für Verdienste — das ist Auszeichnung für
Inspekteure.

Lobron. Lieber Herr Director, Sie legen wohl kein Ge=
wicht darauf, daß es gerade ein deutscher Orden sei. Wir werden
Ihnen vielleicht einen persischen Orden zu verschaffen suchen (sieht
Fürstenegg fragend an). Nicht wahr Excellenz?

Leers. Der würde für Sie prächtig passen, lieber Herr
Tambow. Da kriegen Sie gleich eine Schärpe über den halben
Leib und ein Gestirn über die ganze Brust.

Tambow. Sehr gnädig, Herr von Leers, aber persische

Orden ist zu auffällig für mich. Ich bin sehr bescheidener Mann, ich möchte kleine deutschen Orden.

Fürstenegg. Verehrter Herr Director, Sie verlangen Un= mögliches —

Tambow. Hohe Excellenz, ich beschwöre Sie, drücken Sie mich nicht. Bei Gott, ich kann es nicht machen unter einem Orden um dem Halse.

Fürstenegg. Davon kann niemals die Rede sein.

Tambow. Auch gut — Haraschó! — dann wird singen die Fräulein Ferrer übermorgen. Weder Diplomatie noch Zar kann ihr helfen. Der Gesetz steht auf meiner Seite.

Cornelia. Der Fall wird ja immer entsetzlicher

Zoës (zu Leers). Mein Gott, giebt es denn gar kein Mittel, diesen Barbaren zu bändigen —

Leers (leise zu Zoës). Ich will's versuchen, ihn einzu= schüchtern. (Laut.) Sehen Sie sich vor, Herr Director! Wir werden, falls Sie unbeugsam bleiben, an das Mitgefühl der hiesigen Aristokratie appelliren, ihre Grausamkeit überall bekannt machen. Die Schmach des Auftretens an Ihrem Theater wird sich dann in eine Huldigung für Fräulein Ferrer verwandeln. Man wird sie mit Blumen überschütten. Der ganze Adel Peters= burg's wird in den Logen sitzen.

Tambow. Ist mir sehr lieb, wenn Adel sitzt in den Logen.

Cornelia (bei Seite zu Leers). Um Gotteswillen — das ist doch nicht Ihr Ernst, das wäre ja noch schlimmer. Solch' ein Aufsehen!

Fürstenegg. Eine Demonstration, das ist keine üble Idee. Ich würde Sie nach der Vorstellung mit meiner Equipage öffent= lich erwarten.

Albine. Ich fahre auch mit, alle Welt soll sehen, daß die Clodius Sie als Collegin betrachtet.

Salmen. Nicht Sie Fräulein Ferrer, Herr Tambow wird an dem Pranger stehen.

Tambow (mit Humor). Nun was noch? Für 3000 Rubel reiner Einnahme stehe ich auf dem Pranger mit Vergnügen jeden Abend. Aber ich weiß, die Herren werden nicht ausführen ihr Drohungen, sie wollen mir nur einjagen Angst. Die Welt ist boshaft und würde sagen: Was ist das für eine Botschaft, die nicht sieht darauf, daß Verträge werden gehalten, sondern daß Verträge werden umgeworfen. Und die Welt wird fragen: Warum geschieht das, und Welt wird pfeifen als Antwort eine

Unverkäufliches Manuscript.

Gavotte, eine Gavotte von ein deutschen Compositeur — (summt laut ein paar Takte der bekannten Gavotte: „Das ist die Liebe, das ist die Liebe, von der kein Mensch was wissen darf").

Leers. Mein schätzbarer Herr Director, ich möchte Sie darauf aufmerksam machen, daß Sie sich nicht in einem Gesang= verein, sondern in der Wohnung einer Dame befinden.

Fürstenegg (giebt Tambow einen Wink, sich zu entfernen). Herr Director, ich glaube es ist Zeit, daß wir uns trennen. Wir könnten gezwungen werden, Ausdrücke zu gebrauchen, die Sie nicht anhören dürften, ohne sich etwas zu vergeben.

Tambow (sich entfernend). Wie Sie belieben. Hohe Excellenz, ich gebe Ihnen Bedenkzeit noch bis morgen. Um zehn Uhr Vormittag werde ich mich einstellen in der Botschaft, um zu hören Ihr letztes Wort. Praschtschaite . . .

5. Scene.

Cornelia. Zoës. Albine. Fürstenegg. Salmen. Leers. Lodron.

Salmen. Da stehen wir nun wieder rath= und hilflos —

Cornelia (trostlos). Nunmehr ist jede Aussicht auf Rettung geschwunden.

Zoës. Wir haben nur die schreckliche Wahl zu singen oder zu fliehen, unsere Effekten preiszugeben und uns steckbrieflich verfolgen zu lassen.

Lodron. Der Ausspruch des großen Napoleon hat sich bei unserem guten Tambow leider nicht bewährt.

Fürstenegg (erregt auf und nieder gehend). Es muß aber doch ein Mittel geben, diesem Erpresser, diesem Halsabschneider, diesem Seelenverkäufer — Pardon, meine Damen, der Unmuth reißt mich zu unpassenden Ausdrücken hin — diesem Tambow beizukommen. Er hat zwar den Buchstaben des Gesetzes für sich, allein er handelt gegen den Geist des Gesetzes — Mein Ent= schluß ist gefaßt. Ich fahre geradewegs zum Herrn Polizei= gouverneur. Er ist ein humaner, billig denkender Beamter, er wird uns helfen, Fräulein Ferrer dagegen zu schützen, daß sie einer Vergeßlichkeit der Gesetzgeber zum Opfer falle. Für Jemanden der moralisch im Rechte ist, muß im Nothfalle der Vollstrecker der Gerechtigkeit selbst einschreiten. (Nimmt den Hut und schickt sich an aufzubrechen.)

Cornelia. Excellenz, Ihre Seelengüte überwältigt mich,

gestatten Sie, daß ich Ihnen so danke, wie es mir mein Herz eingiebt. (Streckt Fürstenegg beide Hände entgegen.)

Fürstenegg (ergreift die Hände der Ferrer und küßt dieselben). Bitte, bitte, es ist keine Ursache zum Danke — der Fall gehört in meine Competenz — ich bin ja verpflichtet die Interessen unserer Staatsangehörigen im Auslande wahrzunehmen. (Für sich.) Welch graziöse, duftige Finger!

Zoës. Excellenz bin ich als Geschäftsführer Cornelias auch berechtigt mitzudanken? (Reicht Fürstenegg zögernd die Hände hin.)

Fürstenegg (ergreift die Hände der Zoës und küßt dieselben). Sie sind zu liebenswürdig, meine Damen! (Für sich.) Welch' schöne erfrischende Hände! (Laut.) Nur fort zum Polizeipräsidium! Ich habe die Ehre Fräulein Clodius ... (Verbeugt sich nach allen Seiten.) Ich empfehle mich Ihnen meine Herrschaften. (Im Abgehen.) Dieser Tambow, dieser Bauer wagt es gegen einen Diplomaten Schach zu spielen! Ich werde ihn schon matt zu setzen wissen, diesen Dilettanten, diesen — (ab.)

6. Scene.

Cornelia. Zoës. Albine. Leers. Salmen. Lodron.

Salmen (eilt zur Ferrer.) Lassen Sie den Muth nicht sinken mein theures Fräulein. Es wird alles gut enden. Ich leide eben so sehr wie Sie und vielleicht noch mehr. Das Gefühl meiner Ohnmacht macht mich unglücklich. (Spricht leise zur Ferrer weiter.)

Lodron (nähert sich Zoës.) Das Schicksal läßt mich nicht mehr von Ihrer Seite gnädige Frau und ich freue mich darüber. Vielleicht finde ich Gelegenheit, Ihre Freundschaft zu gewinnen. Ich kenne kein reineres Glück als einen anregenden geistigen Verkehr zwischen wahlverwandten Naturen. (Spricht leise weiter.)

Leers (zu Albine.) In seinem heiligen Eifer hat Excellenz die Damen in unserem Schutze zurück gelassen, das nenne ich Vergeßlichkeit!

7. Scene.

Vorige. Fürstenegg.

Albine (leise.) Achtung! Excellenz kommt zurück. (Salmen, Lodron, Leers nehmen verlegen eine förmliche steife Haltung ein.)

5*

Fürstenegg (bleibt, ehe er eintritt einen Augenblick in der Thür=Oeffnung stehen, für sich.) So wie ich die Damen allein lasse, wird sofort über sie der Belagerungszustand verhängt. (Laut.) Lassen Sie sich nicht stören meine Damen, ich habe nur einige Worte an die Herren zu richten. (Zu Salmen, Lobron, Leers.) Dürfte ich Sie bitten meine Herren Attachés sich in zwei Stunden auf der Botschaft zu einer besonderen Sitzung einzu= finden. Ueber unseren liebenswürdigen Schützlingen dürfen wir die Pflichten des Amtes nicht vergessen. Die Grundzüge des Handelsvertrages mit Persien müssen in einigen Tagen festgestellt sein und da ist es nothwendig, daß wir die statistischen Vor= arbeiten rasch erledigen und den Wortlaut einzelner Artikel vor= bereiten. (Wendet sich zu Ferrer und Zoës.)

Lobron. Wie Excellenz befehlen. —

Leers (bei Seite zu Salmen.) Ah — Das ist Zwangs= arbeit um Euch von den Damen fern zu halten.

Salmen (bei Seite zu Leers.) Abscheulich! Das ist schon Beraubung der persönlichen Freiheit.

Fürstenegg (wie sich plötzlich besinnend.) Apropos meine Damen ... da fällt mir eben ein ... ich habe meine Equipage unten stehen. Darf ich mir erlauben, Ihnen dieselbe zu einer Rundfahrt durch Petersburg zur Verfügung zu stellen. Sie be= dürfen der Zerstreuung.

Cornelia. Es wäre unbescheiden Ihr liebenswürdiges Anerbieten nicht abzulehnen, Excellenz — Sie benöthigen doch Ihren Wagen selbst —

Fürstenegg. Durchaus nicht. Der Herr Polizeigouverneur wohnt gleich in der Nähe, ich werde in einer Carrietta hin fahren. Erbarmen Sie sich meiner armen Pferde, die brauchen Bewegung.

Zoës. Nun auf die Gefahr hin uns eines unverantwort= lichen Mißbrauchs Ihrer Freundlichkeit schuldig zu machen ... (Giebt Salmen und Lobron, die ihr bedeuten das Anerbieten nicht anzunehmen, durch Gesten zu verstehen, daß sie es nicht ablehnen kann). —

Fürstenegg. Ich danke Ihnen. Es ist Großmuth, wenn eine Dame einem Herrn Gelegenheit giebt, ihr einen Dienst zu erweisen. (Reicht der Ferrer den rechten, der Zoës den linken Arm.) Sie gestatten meine Damen, daß ich Sie bis an den Wagen begleite. (Im Abgehen.) Ich habe die Ehre, Fräulein Albine — auf Wiedersehen meine Herren in zwei Stunden in unseren Bureau. — (Ferrer, Zoës und Fürstenegg ab.)

8. Scene.

Albine. Salmen. Lobron. Leers. (Pause. Alle sehen sich
verblüfft an.)

Albine (laut auflachend.) Excellenz ist ein wahrer Bergungs=
dampfer, er steuert die Damen äußerst geschickt aus dem Bereich
seiner Nebenbuhler.

Salmen (trostlos). Nun sind wir wieder vollkommen lahm
gelegt. Für die beiden nächsten Stunden bleiben uns die Damen
entrückt und später setzt uns Excellenz bis tief in den Abend
hinein an dem Arbeitstisch fest.

Leers (zu Albine.) Es ist unerhört. Ich bin nicht einmal
Mitschuldiger und muß dennoch den schärferen Dienst mitmachen.

Albine. Sie nicht Mitschuldiger? Sie? (Fixirt Leers von
oben bis unten und lacht höhnisch auf.)

Lobron (niedergeschlagen). Schade, mich hätte es gereizt
Frau von Zoës näher kennen zu lernen. Trotz ihrer Munter=
keit scheint sie eine sehr ideale Individualität zu sein. Fräulein
Ferrer reist am Ende, sowie der Contract gelöst ist, ab und
ich finde gar keine Gelegenheit mehr, Frau von Zoës nochmals
in Petersburg zu sprechen.

Salmen. Ich verzweifle. Wir sind den diplomatischen
Manövern von Excellenz gegenüber vollständig wehrlos.

Albine. Wer sagt das?

Salmen und Lobron. Was können wir thun?

Lobron. Seufzen und den Handelsvertrag mit lyrischen
Randbemerkungen schmücken.

Albine. Aber meine Herren wozu haben die Egypter das
Papier und die Chinesen die Schrift erfunden? Wozu? Natürlich
nur, um den Liebenden zu helfen.

Salmen. Sie meinen, wir sollen schreiben?

Albine. Gewiß. Glauben Sie mir der kürzeste Weg zum
Herzen führt durch die Tinte. Auch Gott Amor ist civilisirt
geworden, er führt nicht mehr den Pfeil, sondern die Feder als
Waffe. Ich bitte Sie, giebt es eine bequemere Verständigung
als durch einen Brief? Sie können schreiben was und wie viel
Sie wollen, man kann Ihnen nicht das Wort abschneiden, man
kann Sie nicht unterbrechen, auch erröthet man vor dem Papier nicht...

Salmen. Ausgezeichnet. Ich schreibe.

Lobron. Ich schreibe auch . . .

Albine (fortfahrend.) Das gesprochene Wort ist bald ver=

geſſen, allein ein hübſcher Brief wird fünf=, ſechsmal geleſen, manchmal auch auswendig gelernt.

Salmen. Immer beſſer. —

Lodron. Eine ehrliche Freundſchaft für's Leben kann ich Frau von Zoës doch anbieten ohne ſie zu verletzen.

Albine. Gewiß. Meine Herren ich will mich Ihrer noch weiter annehmen. Ihre Herzen ſind jetzt voll, ſind inſpirirt... Im Nebenzimmer iſt Feder und Tinte, dazu Papier von allen Sorten — Schliemann'ſches Briefpapier mit einem trojaniſchen Rebus als Kopf, altdeutſches Briefpapier mit rührenden Bibel=ſprüchen, z. B.: „Thränen ſind meiner Seele Speiſe bei Tag und Nacht." Kommen Sie meine Herren und ſchreiben Sie. (Klingelt, — Nikolajewna tritt durch die Mittelthüre ein.)

Salmen. Sie ſind ein Engel.

Lodron (unentſchloſſen, für ſich.) Wenn Frau von Zoës es nur nicht als Aufdringlichkeit auffaßt.

Albine (im Abgehen zu Nikolajewna.) Nikolajewna decken Sie den Tiſch und tragen Sie die Speiſen aus dem Korbe auf, den ich heute Vormittag mitgebracht. (Albine, Salmen, Lodron durch die Thür links ab.)

9. Scene.

Leers. Nikolajewna.

Leers (für ſich.) Es trifft ſich ſehr gut, daß die Beiden im Nebenzimmer ſchreiben. Ich habe inzwiſchen Gelegenheit, die Clodius wegen der Geſchichte mit dem Kleiderſtänder zu be=ſchwichtigen.

Nikolajewna (bringt inzwiſchen ein Gedeck für zwei Perſonen, Tablett mit Speiſen, Liqueur und Gläſer und ſtellt Alles vorn auf den Tiſch links, für ſich, verwundert.) Bärenſchinken — Sterlett... nur ruſſiſche Delicateſſen? Die Fräulein will wahrſcheinlich beweiſen dem Herrn von Leers, daß ruſſiſche Küche iſt doch beſſer — als franzöſiſche —

Leers (für ſich). Mein böſer Genius hat die Ferrer nach Petersburg gebracht — ich wurde ihrethalben in eine Verlegenheit nach der andern verwickelt.

10. Scene.

Leers. Albine.

Albine (von links eintretend, für sich.) Nun zu meinem Rachewerk gegen den Treulosen! (Laut). Mein lieber Herr von Leers, darf ich Sie zu einem kleinen Imbiß einladen? Nach den großen Strapazen hinter dem Kleiderständer ist eine kleine Er=frischung nothwendig. (Setzt sich an den gedeckten Tisch links und fordert Leers durch eine Handbewegung auf, gleichfalls Platz zu nehmen.)

Leers (setzt sich). Weshalb quälen Sie mich mit Ihren Argwohn? Ich war nur als Garde=Monsieur in der Wohnung der Ferrer — aus Gefälligkeit gegen meine Herren Collegen, um, wenn es schlimm ginge, den Verdacht auf mich abzulenken. Wo ich nämlich dabei bin, sind immer alle Uebrigen entlastet. Ich gelte sofort als Anstifter.

Albine. Ich fürchtete schon, Sie interessirten sich ernsthaft für Fräulein Ferrer oder Frau von Zoës. — Bitte sich zu be=dienen.

Leers. Wie können Sie glauben! (Für sich.) Sie ist sanft. Es wird nicht so schlimm, wie ich befürchtete.

Albine. Mich peinigt oft der schreckliche Gedanke, ich sei ihnen gleichgiltig geworden. Können Sie es beschwören, daß Sie Niemanden als nur mich lieben?

Leers (essend.) Wie können Sie nur fragen? Wie singt der persische Dichter Mirza=Schaffy: „Mein Herz schmückt sich mit Dir, wie sich der Himmel mit der Sonne schmückt."

Albine. Halten Sie es für möglich, daß sich ein Herr gleichzeitig für zwei und selbst für drei Frauen interessirt?

Leers (essend.) Vielweiberei ist eine Unsitte des Orients, die von dem gebildeten Europäer verabscheut wird. Je weniger Frauen der Mann hat, desto höher ist die Cultur des Volkes, dem er angehört und der Junggeselle ist eigentlich der Repräsen=tant der höchsten Civilisation.

Albine. Ihre Worte thun meinem Herzen wohl. Haben Sie sich, seit Sie mich kennen, in der That nie für eine andere Dame interessirt?

Leers (essend.) Wenn Sie die Schutzpatronin der Köchinnen ausnehmen, niemals.

Albine. Nehmen Sie sich mit Ihren Worten in Acht! Sie wissen, ich bin sehr eifersüchtig und würde mich für einen

Verrath rächen. Denken Sie nie daran, daß ich Ihnen die Speisen vergiften könnte? —

Leers (essend.) Was wäre weiter dabei? Beim Essen zu sterben, das würde gerade nicht die unangenehmste Todesart sein.

Albine. Wie mundet Ihnen mein improvisirtes russisches Buffet?

Leers (lächelnd.) Es ist ohne rechtes System zusammengestellt, allein in seinen Einzelheiten glänzend. Gift ist jedenfalls nicht darin, dafür stehe ich ein und wenn Sie mich auch noch so geheimnißvoll anstarren. (Ißt vergnügt weiter.)

Albine. Nun, mein lieber Herr von Leers, fällt Ihnen die Zusammenstellung der Speisen nicht auf.

Leers (essend.) Nicht im geringsten. Ich selbst hätte sie nicht besser auswählen können. Ich verstehe nicht, was Sie mit Ihrer bedeutsamen Frage meinen.

Albine. Sie verstehen nicht? Dann erlauben Sie, daß ich Ihnen eine kleine Episode erzähle.

Leers. Ich bitte.

Albine. Harpagos erhielt von dem medischen König Astyages, dessen Günstling er war, den Befehl, Cyrus zu tödten. Harpagos umging aber den Befehl und ward vom König dadurch bestraft (mit erhobener Stimme) daß man ihm —

Leers. Ich selbst habe Ihnen diese Geschichte erzählt, um Ihnen an einem Beispiel klar zu machen, was Alles ein Mensch ahnungslos zu sich nehmen kann, wenn sein Geschmacksinn nicht gebildet ist. Weshalb erzählen Sie mir aber diese Geschichte wieder?

Albine (aufstehend und Leers scharf fixirend.) Wissen Sie, daß Sie ein Epigone des Harpagos sind? Fällt Ihnen die Zusammenstellung der Speisen noch immer nicht auf? Russische Landes-Delicatessen: Wolga-Sterlett in Champagner gekocht, Bärenschinken.

Leers (betrachtet die Speisen aufmerksam, stutzt einen Augenblick und lacht dann, um seine Verlegenheit zu verbergen, laut auf). Ah, Sie haben bei Jelisew erfahren, daß ich einen Korb mit russischen Landes-Delicatessen bestellt habe, und Sie haben sich eine Copie kommen lassen. (Lacht wieder.) Ja, ja, es sind dieselben Gerichte . . . Wissen Sie für wen mein Korb bestimmt war? Für ein Paar guter Freunde. Zu solch' überflüssigen Ausgaben verleitet Sie Ihre Eifersucht.

Albine. Ich nannte Sie Harpagos. Damit habe ich angebeutet, daß nicht ich, sondern Sie den Korb, den ich Ihnen aufgetischt habe, bezahlt haben. Wenn ich einmal (betont die folgenden Worte sehr nachdrücklich) Fräulein Ferrer ein Geschenk machen will, werde ich jedenfalls eine passendere Wahl zu treffen wissen.

Leers (für sich). Ferrer? Sie weiß Alles. Himmel! es ist mein eigener Korb . . . Ich bin verrathen worden.

Albine (mit feierlichem Zorn). Ich bin als Weib und als Künstlerin tief beleidigt. Ich hänge an Ihnen mit der größten Selbstlosigkeit, ich weise Ihrethalben Fürsten und Prinzen, die mir Schätze zu Füßen legen, die Thüre und Sie machen anderen Damen unaufgefordert Visiten, schmuggeln sich unter allen er= denklichen Vorwänden bei Ihnen ein! Ich opfere Ihnen meinen Ruf, meine Zukunft, und Sie mißachten mich!

Leers. Aber, theure Albine, Sie irren. Die Eifersucht macht Sie blind —

Albine. Bewiesen Sie je die Wahrhaftigkeit Ihrer Zu= neigung! Geben Sie je Proben?

Leers. Sehr gerne. Aber welche?

Albine. Welche? Sie fragen noch? Sehen Sie doch Ihre Freunde, den Herrn Baron, den Herrn Hauptmann an! Welche Charaktere! Das ist die Handlungsweise idealer Neigungen, echter Leidenschaften. Warum ward mir keine solche Liebe be= schieden! Einer unbedeutenden Sängerin, einer Anfängerin, einem Mädchen, das contractlich an das Orianda=Theater engagirt war, hat der Baron ritterlich seine Hand angeboten. — Und ich mit meinem künstlerischen Ansehen, mit meiner Berühmtheit —

Leers (für sich). Saprifti! Salmen's Werbung um die Ferrer hat ihr den Kopf verdreht. Sie will auch geheirathet werden. (Laut.) Ich bete Sie ja auch an, theure Albine, allein das Heirathen ist ein Schritt, der reiflich überlegt werden muß. Die Liebe ist doch keine „fliegende Schüssel", die sowie sie aus dem Ofen kommt, sofort aufgetragen werden muß. Ich über= nehme ja die Verantwortung für das Glück Ihrer Zukunft. Darf ich eine große Künstlerin egoistisch der Oeffentlichkeit entreißen? Eine Heirath —

Albine. Heirath! Ich denke nicht mehr daran! Ich soll einen Mann überreden, damit er mir nach langem Besinnen seine Hand nach eingetretenem Tod seiner Großmutter in Aussicht stellt. Nimmermehr. Ich will in Zukunft auch um meiner selbst willen, ich will poetisch, leidenschaftlich geliebt werden, geliebt wie die Ferrer, schwärmerisch umworben wie Frau von Zoës —

Leers. Aber meine theure Freundin, warum haben Sie mir das nicht früher gesagt? Ich bin auch dazu bereit. Da ich Sie liebe und die Liebe erfinderisch macht, wird es mir auch unzweifelhaft gelingen —

Albine. Sie haben Fräulein Ferrer einen Korb mit russischen Landes=Delicatessen geschickt. Die Delicatessen können Sie nicht mehr zurückerhalten, denn die haben Sie bereits auf= gegessen, allein den Korb gebe ich Ihnen hiermit wieder (drängt Leers den Korb auf, so daß er ihn in den Händen behalten muß), er ist bildlich zugleich meine Antwort auf Ihre Liebesbewerbung — Adieu. (Stürmisch ab durch die Thüre links).

11. Scene.

Leers (allein).

Leers (in komischer Verzweiflung). Himmel! Ich habe einen Korb erhalten — einen wirklichen Korb — wenn man das erfährt — das bringt die Geschichte von der Liebesbotschaft wieder in aller Leute Mund . . . ich werde auf Jahre hinaus eine komische Figur.

12 Scene.

Leers. Salmen. Lobron. Albine.

(Salmen und Lobron kommen rasch durch die Thür links, jeder trägt eine Feder in der Hand.)

Salmen. Was ist denn vorgefallen?

Lobron. Fräulein Clobius flog wie eine gekränkte Möve zu uns in's Zimmer hinein —

Leers. Ich habe einen Korb erhalten. (Zeigt den Korb, den er noch immer in der Hand hält.)

Salmen (lachend). Einen regelrecht geflochtenen Korb . . . Weshalb denn?

Leers (aufgebracht). Eurer Sentimentalitäten halber. Ihr macht ja alle Frauenzimmer rebellisch mit Eurer idealen Manier zu lieben. (Sich fassend, wie von einem großen Gedanken ergriffen.) Doch ein Leers verliert die Fassung nicht, er richtet sich im Un=

glück ungebeugt auf oder vielmehr er setzt sich nieder (setzt sich
an den Tisch und nimmt Messer und Gabel zur Hand) und — ißt
weiter.

Salmen }
Lodron } (gleichzeitig). Er ißt weiter!

(Sehen sich einen Augenblick verblüfft an, und brechen dann,
während sie sich anschicken, in's Nebenzimmer zurückzukehren, um ihre
Briefe zu vollenden, in herzliches Lachen aus.)

Albine (wird an der Thüre links sichtbar. Vernichtet). Er
ißt weiter! (Sie starrt mit dem Ausdrucke sprachlosen Erstaunens
und in einer drolligen Attitude großer Bestürzung auf Leers.)

Der Vorhang fällt.

Ende des dritten Aufzuges.

Vierter Aufzug.

(Die nämliche Dekoration wie im ersten Aufzug.)

1. Scene.

Horvath. Leers. Felix.

Leers (durch die Mittelthür eintretend). Guten Morgen, Herr Horvath.

Horvath (ist damit beschäftigt, eingelaufene Aktenstücke mit einem Rothstift zu nummeriren). Guten Morgen, Herr von Leers.

Leers (läßt sich von Felix, Hut und Ueberrock abnehmen, der dann dieselben an dem Kleiderhacken links von der Mittelthüre aufhängt). Herr des Himmels war das gestern eine endlose Sitzung! Heute bin wohl ich der Erste im Bureau. Meine Herren Collegen lassen sich wahrscheinlich wegen Ueberanstrengung ärztlich behandeln.

Horvath. Oh der Herr Hauptmann und der Herr Baron Salmen sitzen bereits seit 7 Uhr Morgens in ihrem Arbeits= Salon.

Leers. Seit 7 Uhr! Ja was ist denn vorgefallen? Hat man über Nacht die orientalische Frage in Brand gesteckt . . .

2. Scene.

Salmen. Lodron.

(Beide treten durch die Thüre links ein, mit Aktenstößen, die sie auf den Diplomatentisch legen.)

Salmen (der die letzten Worte des Leers gehört hat).

Excellenz hatte gestern die Anordnung getroffen, daß uns heute während der Stunden, wo Fräulein Ferrer und Frau von Zoës hier erscheinen müssen, wahre Pyramiden von handelsstatistischen Berichten zur Erledigung vorgelegt werden sollen. Wir würden natürlich kaum Zeit gefunden haben, den Damen unsere Verbeugung zu machen.

Lobron. Glücklicher Weise hat Herr Horvath uns bereits gestern von dem Coup verständigt, der gegen uns geplant war. Wir parirten ihn nun einfach indem wir drei Stunden früher aufstanden. Die Handelsstatistischen Pyramiden sind bereits demolirt.

Leers (lachend). Sehr gut . . . aber wird Euer Gegenzug Excellenz nicht Argwohn einflößen?

Salmen. Wir müssen es darauf ankommen lassen. Ich darf doch bei der Schlußunterhandlung mit Tambow nicht fehlen. Es wird ja auch über mein Schicksal mit entscheiden

Lobron. Und ich muß Frau von Zoës sprechen, um zu erfahren, ob sie mir nicht am Ende meinen Brief von gestern übel genommen.

Leers (spöttisch zu Lobron). Sehr möglich. Es ist in der That eine gewaltige Verwegenheit, eine Dame vorerst begeistert anzuschwärmen und ihr dann blos seine — Freundschaft anzubieten.

Horvath (zu Felix, indem er auf einen Stoß Bücher weist, der auf einem der Schreibtische aufgestapelt ist). Felix tragen Sie die stenographischen Protokolle der Debatten des englischen Unterhauses über den Handelsvertrag zwischen England und Persien in das Arbeitszimmer des Herrn von Leers.

Leers. Ueberstürzen Sie sich nicht, Herr Horvath. Ich bin noch mit den 96 Berichten der französischen Handelsstationen in Persien nicht fertig. O dieser verruchte Theatercontract. Er geht mich garnichts an und außer den Verdrießlichkeiten mit Fräulein Clodius danke ich ihm nun auch noch den strengeren Dienst. Wohin soll das noch kommen? In meinem Gehirn führen die Teppiche aus Farsch und Gebbeh, die Melonen von Ispahan, die Weine von Schiras, die Shawls von Birman, bereits einen wahren Hexensabath auf. Möge ein gütiger Himmel die Ferrer baldigst aus Petersburg geleiten . . .

3. Scene.

Leers. Lodron. Salmen. Horvath. Fürstenegg.

Fürstenegg (durch die Mittelthüre, die von einem Diener ge=
öffnet wird, eintretend. Allgemeine gegenseitige Begrüßung durch
Verbeugungen. Ein Diener ist mit eingetreten, nimmt Fürstenegg
Hut und Ueberrock ab und entfernt sich damit durch die Thüre
rechts). Ah — die Herren sind bereits versammelt! Das freut
mich außerordentlich. Guten Morgen, Guten Morgen! (Sieht
auf seine Taschenuhr, für sich.) Die Damen müssen gleich hier
sein. (Laut.) Es ist ½ 10 Uhr meine Herren, darf ich Sie
um die Freundlichkeit bitten, heute sofort an die Arbeit zu gehen.
Wir haben auf die Konzessionen der persischen Regierung einige
Gegenkonzessionen zu machen und diese müssen statistisch ausge=
rechnet werden, Herr Horvath hat Ihnen wohl bereits mit=
getheilt . . .

Lodron. Gewiß Excellenz — schon gestern. Und da Sie
auf die rasche Herstellung der Vergleichs=Tabellen ein so hohes
Gewicht legen

Salmen. Sind wir heute drei Stunden früher in's Bureau
gekommen . . .

Fürstenegg (verblüfft). Drei Stunden früher! Aber Herr
Horvath weshalb haben Sie die Herren in ihrer Morgenruhe
gestört?

Horvath. Excellenz bezeichneten die Arbeiten als außer=
ordentlich dringlich.

Fürstenegg. Sie haben mich mißverstanden. Ich sehe
meine Herren Attachés gerne beschäftigt, allein nur während der
normalen Bureau=Stunden.

Horvath. Ich dachte, da gestern auch plötzlich eine Extra=
Sitzung angeordnet worden war . . . (ab durch die Mittelthüre.)

Lodron. Excellenz, die Vorlagen sind sammt und sonders
erledigt. Wir haben nunmehr berechtigten Anspruch auf eine
längere Ruhepause. —

Fürstenegg (für sich). Aha, auf eine Ruhepause um 10 Uhr
ist's abgesehen. (Laut.) Meine Herren, Ihr fieberhafter Arbeits=
drang ist zwar sehr erfreulich, allein auch ein Bischen über=
raschend. Sollte er in der That nur mir zu Gefallen entfesselt
worden sein? Gestern haben die Herren meine Wünsche doch
weniger peinlich berücksichtigt . . .

Leers. Excellenz, wir haben uns inzwischen gebessert.

Fürstenegg (liebenswürdig, aber auch sarkastisch). Sie arbeiten wie vom Geiste erfaßt außer der Zeit, Sie geben sogar ihren Morgenschlummer preis — das giebt zu denken. Mir scheint, vier schöne Augen sind es, die Sie zu so außerordent= licher Thätigkeit anspornen. Ich hätte Lust, der Regierung vor= zuschlagen, Fräulein Ferrer und Frau von Zoës als Genien der Arbeit unserer Botschaft zu attachiren?

Leers. Dieser Gedanke wäre immerhin diskutabel.

Lodron. Excellenz, dürfen unsere Theilnahme nicht schlimm auslegen.

Salmen. Landsmänninen in der Fremde.

Fürstenegg. Ich versichere Ihnen auch meine Herren, Sie würden nur Ihre Zeit verschwenden. Das sind keine Damen, um deren Gunst man buhlt, das sind Damen, für deren Ehre man ohne sich zu besinnen den Degen zieht. Wenn die Mutter der Gracchen, anstatt zweier Söhne, zwei Töchter gehabt hätte, sie wären wie Fräulein Ferrer und Frau von Zoës geartet ge= wesen. Ich sprach gestern am späten Nachmittag nochmals für einem Augenblick bei den Damen vor . . .

Leers (räuspert sich).

Fürstenegg (mit Nachdruck betonend und Leers scharf ansehend). Nur für einen Augenblick und nur aus dem Grunde, um sie von der Bereitwilligkeit des Polizei=Gouverneurs, so weit es in seiner Macht stände zu helfen, in Kenntniß zu setzen, und ihnen so eine schlaflose Nacht zu ersparen. Bei dieser Unterhaltung, die natür= lich (mit Nachdruck betonend und Leers scharf ansehend) sehr kurze Zeit dauerte, hatte ich Gelegenheit, auch die Charaktere der beiden Damen zu sondiren — ich versichere Sie, zwei Lucretien, denen, um vollkommen zu sein, Nichts als die antiken Gewänder fehlen.

Salmen. Das ist auch unsere Ueberzeugung, Excellenz . . .

Lodron. Sie leihen unseren Empfindungen den treffendsten Ausdruck —

Fürstenegg. In der That? (Für sich.) Die Schelme wollen mich blos sicher machen. (Laut.) Zudem ist Fräulein Ferrer, bei der ich nur bedauere, daß sie nicht zu unserer Familie gehört, damit ich auch ein verwandtschaftliches Recht hätte, sie zu beschützen, auch von Adel —

Salmen und Lodron (gleichzeitig). Von Adel?

Leers. Das trifft sich gut. Die böse Welt wird nunmehr die Protektion der Botschaft nicht auf Gefühls=Motive, sondern auf einen feudalen Esprit de corps zurückführen.

Fürstenegg. Ja, Fräulein Ferrer ist von Adel. Sie mußte einen Künstlernamen annehmen — aus Rücksichten auf ihre Familie und auf ihren Bruder, der Offizier ist. Sie begreifen also, meine Herren, daß bei Damen von solcher Stellung und Bildung Offensivpläne nicht gut angebracht wären.

Lodron. Excellenz verkennen uns. Wir werden uns denselben niemals anders als mit ehrfurchtsvollen Huldigungen nahen . . .

Salmen. Uns stets mit dem ausgesuchtesten Takt benehmen.

Leers. Und mit einer Artigkeit, einer Ritterlichkeit auftreten, daß die Damen von uns entzückt, bezaubert, hingerissen sein sollen —

Fürstenegg (für sich). Ich danke! Das wäre ja noch besser. (Laut.) Meine Herren, Sie weichen mir aus . . . Nun wir wollen uns in Betreff der Damen ganz klar verständigen. (Alle setzen sich um den Diplomatentisch, Fürstenegg nimmt den Platz in der Mitte ein.) Erlauben Sie, daß ich Ihnen zu diesem Zwecke eine kurze Anekdote aus dem Leben eines großen Staatsmannes erzähle —

Lodron. Es ist natürlich eine Anekdote mit einer moralischen Schlußsentenz für uns . . .

Fürstenegg So ist es.

Leers. Das ist mein Fall. Ich liebe alles Belehrende.

Salmen. Bitte, Excellenz . . . wir hören.

Fürstenegg. Meine Herren! Ein kleiner Diplomat wollte einst das innerste Wesen eines großen Diplomaten, mit dem er in politischen Unterhandlungen stand, durch List ausforschen. Er wußte, daß beim Kartenspiel auch die verstecktesten Seiten des menschlichen Charakters zum Vorschein kommen und lud daher den großen Diplomaten zu einer Partie Quinze ein, um ihn dabei so recht mit Muße zu ergründen. Der große Diplomat jedoch durchschaute die Absicht des kleinen Diplomaten. Was glauben Sie, daß er nun that?

Lodron. Er lehnte die Einladung unter einem schicklichen Vorwande ab —

Fürstenegg. Sie rathen nicht gut . . .

Salmen. Er beherrschte sich so meisterlich, daß auf seinem Gesicht absolut Nichts zu lesen war —

Fürstenegg. Sie haben es auch nicht getroffen . . .

Leers. Nun er spielte so ausgezeichnet, daß der kleine

Diplomat all' seine Ruhe verlor und schließlich nur seinen eigenen Charakter verrieth.

Fürstenegg. Nein, meine Herren. Der große Diplomat, er, der kälteste, ruhigste Staatsmann unseres Jahrhunderts, dabei ein Feind jedes Kartenspiels, fing an wie toll zu pointiren und verlor Schlag auf Schlag. Der kleine Diplomat ward dadurch überzeugt, nicht einen besonnenen, vorsichtigen Politiker, sondern einen hitzköpfigen, stets zum Va banque-Spiel bereiten Wagehals vor sich zu haben. Er ward eingeschüchtert und gab bei den politischen Verhandlungen nach. So hatte der große Diplomat zwar eine Bagatelle von einigen hundert Thalern verloren, aber einen der wichtigsten Staatsverträge gewonnen.

Leers. Die Anecdote ist gut. Ich will sie mir für meine Carrière merken. Quinze spiele ich bereits und das Uebrige findet sich.

Salmen. Excellenz haben uns die Anecdote in bestimmter Absicht erzählt . . . Nun?

Lobron. Worin besteht die moralische Nutzanwendung für uns?

Fürstenegg. Meine Herren — seit den Zeiten des deutschen Bundestags hat sich der Geist in dem Personalstand — (kleine Pause) vornehmlich in dem jüngeren Personalstand der Botschaften und Gesandtschaften geändert. Der Bonvivant ist verschwunden, der Beamte ist geblieben . . .

Leers. In dem jüngeren Personalstand .114

Fürstenegg (fortfahrend). So muß es auch sein. Der Spitzname der Baronin Leontieff von der „Liebesbotschaft", die gestrigen Vorfälle in der Wohnung des Fräulein Ferrer, Ihr beispielloser Privatfleiß und andere Erscheinungen beginnen, mein bisheriges Urtheil über Sie, meine Herren, zu beeinflussen. Ich fange fast an zu argwöhnen, daß Sie mehr den Attachés der alten Schule, als denen der neuen Schule gleichen. Mir ist es daher darum zu thun, einmal so gleichsam durch eine Stich= probe, Ihr eigentliches Wesen zu ergründen, und mein blindes Vertrauen zu Ihnen wieder zu befestigen; ich mache es also wie der kleine Diplomat in meiner Anekdote und lade Sie, meine Herren, auch zu einer Art Parthie Quinze — zu einer Beobach= tungs=Parthie ein. Da ich jedoch die Männer nicht nach ihrem Verhalten gegen die Karten, sondern nach ihrem Verhalten gegen die Frauen beurtheile, so handelt es sich bei meiner psychologischen Generalprobe natürlich nicht um gemalte, sondern um lebende

6

Figuren ... und zwar um zwei Damen ... um Fräulein
Ferrer und um Frau von Zoës ... Ich hoffe, Sie verstehen
meinen Vergleich ...

Leers. Gewiß. Wer als Diplomat eine Dame im Spiel
hat, wird als Beamter groß Schlemm ...

Fürstenegg (erhebt sich und spricht mit ausgesuchter Artigkeit).
Wenn Sie nun, meine Herren, den großen Diplomaten der
Anekdote nachahmen und mich, den kleinen Diplomaten, in seiner
Weise irreführen wollen, so brauchen Sie einfach bei unserer
Entscheidungs=Parthie zu — passen. Sie werden mich dann für
immerdar felsenfest glauben machen ... daß Sie ernsthafte, der
Macht weiblicher Reize unzugängliche Beamte sind, die ich un=
bedenklich zur Beförderung für die höchsten und verantwortlichsten
Posten vorschlagen kann ... (setzt sich nieder und lehnt sich be=
haglich in den Fauteuil zurück).

Leers (aufspringend). Excellenz können mich sofort zum
Botschaftsrath avanciren lassen. Ich passe.

Lodron (erhebt sich langsam). Ich darf nicht passen. Ich
hege zwar für Frau von Zoës nur Empfindungen der reinsten
Freundschaft, allein es widerspricht meinem Geschmacke, dieselben
aus Gründen der Nützlichkeit zu verheimlichen.

Salmen (hat einen Augenblick mit sich gekämpft, steht nun
rasch auf und stellt sich entschlossen vor Fürstenegg hin). Und für
mich, Excellenz, kommt Ihre Anekdote zu spät. Ich muß das
Spiel halten, denn ich habe bereits auf eine der beiden Damen
meine ganze Zukunft gesetzt. Es ist Fräulein Ferrer. Ich stelle
ihr nicht etwa nach, wie ein Lebemann ... ich liebe sie!

Fürstenegg (außer Fassung, will sich erheben, setzt sich jedoch
gleich wieder). Sie lieben Fräulein Ferrer. Mein verehrter Herr
Neffe, für einen Scherz ist die Sache doch zu ernst ...

Salmen. Auf mein Wort als Edelmann, ich scherze nicht ...

Fürstenegg (unwillig). Wie, Sie verpfänden Ihr Edel-
mannswort·für eine Liebe, die in wenigen Stunden entstanden
ist. Wie leicht müssen Sie von dem Edelmannswort oder wie
leicht müssen Sie von der Liebe denken.

Salmen. Meine Liebe ist keine flüchtige, Excellenz. Ich
kenne Fräulein Ferrer nicht erst seit gestern, ich hatte bereits in
Berlin das Glück, ihre Bekanntschaft zu machen — durch Zufall in
einem photographischen Atelier. Allein sie blieb damals für mich
unnahbar — sie vermied es hartnäckig, meine Bekanntschaft zu
erneuern. Und hier in Petersburg wollte sie bisher von meiner

Werbung Nichts hören, weil sie sich in einer Stellung befindet, die ihres Verlobten nicht würdig wäre —

Fürstenegg (für sich, niedergedonnert). Er liebt die Ferrer — und seit Wochen . . . auf diese Pointe war ich nicht gefaßt —

Salmen. Sie billigen meine Wahl, Excellenz, nicht wahr? Und Sie werden meiner Verbindung kein Hinderniß in den Weg legen? Haben Sie doch selbst von dem vornehmen Charakter des Fräulein Ferrer mit der höchsten Verehrung gesprochen — bedauert, daß sie nicht zu unserer Familie gehört, um auch ein verwandtschaftliches Recht zu haben, sie zu beschützen.

Fürstenegg (ausweichend, in höchster Verwirrung). Die Situation ist so überraschend . . .

Leers. Excellenz, seien Sie großmüthig. Fräulein Ferrer verdient doch Ihre Gunst . . . Wenn die Mutter der Gracchen anstatt zweier Söhne zwei Töchter gehabt hätte —

Lodron. Eine Lucretia, der, um vollkommen zu sein, Nichts als das antike Gewand fehlt.

Fürstenegg (für sich). Was bleibt mir übrig als einzu- willigen, wenn ich mich nicht lächerlich machen will. Ich habe mir ja selbst jeden Ausweg verlegt. (Laut.) Mein lieber Neffe . . . Sie haben mich zwar ein Spiel spielen lassen, das man mit einem vulgären Ausdrucke „Blindekuh" nennt (Salmen, Leers, Lodron protestiren durch Geberden), allein in meiner Familie ist es stets Brauch gewesen sich zu rächen, indem man verzeiht, und so will auch ich es halten. Allein von einer baldigen Verbindung mit Fräulein Ferrer kann vor der Hand doch nicht die Rede sein. (Salmen will protestiren, Fürstenegg schneidet ihm das Wort ab.) Eine Künstlerin, die einen makellosen Ruf besitzt, und ein so charaktervolles Wesen ist, wie Fräulein Ferrer, wäre mir trotz aller Standesvorurtheile als nahe Verwandte willkommen. Doch vergessen Sie nicht die Angelegenheit des Contractes! Seine Excellenz, der Herr Polizeigouverneur war zwar gestern voll Mitgefühl für die Sängerin, allein er betonte auch, daß der Ver- trag sich nicht anfechten läßt, und daß man ein ganz außer- ordentliches Mittel entdecken müßte, um ihn wirkungslos zu machen. Nehmen Sie nun an, mein lieber Neffe, daß der Herr Polizeigouverneur solch' ein Mittel nicht findet! Welche Ver- wicklungen! Flieht Fräulein Ferrer, giebt sie ihre Effekten preis, dann läßt Tambow sie aus Rache oder in der Ueberzeugung, doch noch einen Orden zu erpressen, sicherlich steckbrieflich verfolgen, in allen Zeitungen als contractbrüchig ausposaunen. Bleibt sie

6*

jedoch und entschließt sie sich, fünf Monate lang am Orianda=
Theater zu singen, dann ist die Sache ebenso schlimm; denn wenn
Sie nach solchen Vorfällen in Petersburg Fräulein Ferrer hei=
ratheten, könnte weder ich Botschafter noch Sie erster Secretair
der Botschaft bleiben. Es ist möglich, daß die hiesige Gesellschaft
Ihre Verbindung dulden würde, allein Vertretern unseres Landes
soll niemals Jemand Etwas nachzusehen haben. Solche Rücksicht
schulden wir uns selbst und unserem Vaterlande.

Lobron. Bis wann soll es sich denn entscheiden, ob der
Polizeigouverneur helfen kann oder nicht . . .

Fürstenegg. Bis heute um zehn Uhr hat er mir einen
Bescheid zugesagt. Bitte, lassen Sie mich sofort durch Herrn
Horvath verständigen, falls ein Kommissär erscheint oder ein
Brief mit dem Stempel des Polizeigouvernements abgegeben wird.
(Ab durch die Thüre rechts.)

4. Scene.

Salmen. Leers. Lobron. (Später) **Felix.**

Lobron. Armer Freund! Das kann ein langer Brautstand
werden, wenn der Polizeigouverneur uns nicht zu helfen vermag.
Bis solche Geschichten in unseren Kreisen vergessen werden . . .
das dauert zwei, drei Jahre.

Salmen. Ich warte nicht einen Monat länger . . . Im
Nothfalle kaufe ich Cornelia heimlich von Tambow frei . . .
und wenn er die Hälfte meines Vermögens, wenn er mein
ganzes Vermögen verlangt; er soll es haben. Dann braucht sie
weder contractbrüchig zu werden, noch im Orianda=Theater auf=
zutreten . . .

Leers. Fassen Sie sich vorläufig, mein lieber Salmen, in
Geduld. Je länger sich die Angelegenheit hinauszieht, desto besser
lernt Ihr Euch kennen. Jede Sache hat doch auch ihre guten
Seiten. Hätte Tambow überhaupt keine Schwierigkeiten gemacht,
dann wäre ja die Liebesbotschaft gar nicht heirathsfähig geworden.

Felix (durch die Mittelthüre eintretend). Fräulein Ferrer,
Frau von Zoës und Fräulein Clodius sind angekommen . . .

Salmen. Lassen Sie die Damen sofort eintreten!

Felix (ab durch die Mittelthüre. Salmen, Leers und Lobron
eilen an die Mittelthüre).

5. Scene.

Ferrer. Zoës. Albine. Salmen. Lobron. Leers. Horvath.

(Sämmtliche anwesende Herren begrüßen die Damen, welche
durch die Mittelthüre eintreten und drücken ihnen die Hände, nur
Albine sieht Herrn von Leers, der in Bewegungen sein freudiges
Erstaunen ausdrückt, sie zu sehen, fremd und finster über die
Achsel an.)

Leers (sehr artig zu Albine). Ah! Fräulein Albine sind
auch hier — welch' reizende Ueberraschung!

Albine (würdigt Leers mit merkbarer Absichtlichkeit keines
Blickes und antwortet anstatt ihm Lobron). Mich regt das Schicksal
meiner Freundinnen erschrecklich auf. Ich habe keine Ruhe zu
üben, bevor ich weiß, wie der Fall ausgeht.' Deshalb bin ich
mitgekommen.

Salmen (setzt sich auf den Puff im Vordergrunde rechts,
Ferrer nimmt in seiner nächsten Nähe an der rechten Seite des
Diplomatentisches Platz). Ich kann es nicht beschreiben, wie unglücklich ich gestern war, weil ich keine Gelegenheit hatte, Sie
wieder zu sehen.

Cornelia. Ihr langer Brief hat mich sehr erfreut. Er
wird mir ewig theuer bleiben als Erinnerung, auch wenn wir vom
Schicksal nicht für einander bestimmt sein sollten. Ich habe böse
Ahnungen. (Beide plaudern leise weiter.)

Lobron (setzt sich mit Zoës an den Tisch im Vordergrunde
links; rechts davon auf dem Fauteuil an der linken Seite des Diplomatentisches nimmt Albine Platz und Leers läßt sich, das Gesicht dem
Publikum zugekehrt, auf dem Stuhl, der vor der Mitte des Diplomatentisches steht, nieder. Die beiden genannten Paare bilden zwar zwei
getrennte Gruppen, bleiben jedoch stets im Zusammenhang. Lobron zu
Zoës). Gnädige Frau, Sie haben es mir also nicht übel genommen, daß ich gewagt, gestern an Sie zu schreiben.

Zoës. Im Gegentheil. Ihre hochherzige Theilnahme hat
mich gerührt und mit Stolz erfüllt. Ich stehe vereinsamt,
schutzlos im Leben und bin glücklich einen wahrhaften Freund
gefunden zu haben. (Lobron und Zoës plaudern leise weiter).

Leers (bei Seite zu Albine). Ich wette, diese übersinnliche
Freundschaft wird auch mit einer höchst irdischen Heirath
schließen.

Albine (für sich). Er kehrt sich an mein Schmollen garnicht. Das ist impertinent.

Leers (steht auf, geht nach dem Hintergrund rechts, nimmt zwei Zeitungen von der Wand und setzt sich wieder an seinen früheren Platz).

Lobron (Zoës die Hand hinreichend). Sie werden mir also, wenn Sie wieder in Deutschland sind, in der Form eines Tage=buchs alle Ihre Eindrücke mittheilen und ich Ihnen die meinigen ... abgemacht?

Zoës (giebt Lobron die Hand). Abgemacht!

Leers (sehr förmlich zu Albine mit halblauter Stimme, indem er auf die beiden Liebespaare deutet und Albine eine Zeitung hin=reicht). Das sind zwei Paare, die viel zu besprechen haben ... wir Beide aber sind verwittwet, da müssen wir, um die Glück=lichen nicht zu stören, uns inzwischen mit Lectüre zu beschäftigen. Darf ich mir erlauben?

Albine (nimmt ohne Leers anzusehen die Zeitung, die er ihr reicht, und fängt an eifrig zu lesen).

Lobron (zu Zoës). Sie dürfen mir aber keine Empfindungen unterschlagen, keinen Kummer verschweigen, keine Sorge verhehlen — (Reicht Zoës wieder die Hand hin.) Also auf eine ehrliche Freundschaft, auf eine Freundschaft im höheren Sinne.

Zoës (giebt Lobron die Hand). Auf eine Freundschaft im höheren Sinne!

Leers (bei Seite zu Albine). Was der für Umwege braucht, bis er zu den einfachen Worten kommt: „ich liebe Dich!" und dann wird er erst noch sagen: „Ich liebe Sie."

Albine (pikirt). Ich begreife garnicht, wie Sie, nach dem was zwischen uns vorgefallen, an mich noch das Wort richten können.

Leers (zerknirscht). Wissen Sie, Fräulein Albine, was ein Leben voll Reue ist. Mir ist zu Muthe, wie einem fröhlichen Krebs, der plötzlich in eine heiße Quelle gerathen ist.

Albine (lacht wider Willen). Sie sind sehr schnackisch Herr von Leers und ich könnte Ihnen nochmals, das wäre allerdings bereits das fünfzehnte Mal, verzeihen, wenn Sie nur nicht un=verbesserlich wären.

Leers. Ich versichere Ihnen, ich bin äußerst verbesserlich. Ich habe zum Beispiel seit meiner denkwürdigen russischen Henker=mahlzeit nicht wieder . . .

Albine (einfallend). Gegessen?

Leers. Das zwar nicht, allein nicht wieder vom Essen gesprochen.

6. Scene.

Vorige. Horvath.

Horvath (tritt durch die Mittelthüre ein, ein großes Schreiben hoch in der Hand emporhaltend). Vom Polizei-Gouvernement ist dieses Schreiben an Excellenz abgegeben worden. Rasch zu bestellen. Ich werde es sofort Excellenz überreichen. (Alle stehen auf und gruppiren sich um Horvath, neugierig das Schreiben musternd.)

Zoës. Mein Gott, was wird es enthalten — eine Entschuldigung — einen Ausdruck des Bedauerns —

Cornelia. Ach Gott, wie mir das Herz schlägt, das Papier enthält mein Glück oder mein Unglück. Ich vermag mich kaum aufrecht zu erhalten.

Salmen. Es hat die Form eines Aktenstückes —

Lodron. Eines Aktenstückes — auf ein mündliches und nicht schriftliches Ersuchen von Excellenz... Was mag das wohl zu bedeuten haben?

Horvath. Der Himmel weiß es. Ich muß nun zu Excellenz hinein. Es ist inzwischen auch der Director Tambow angekommen und wünscht vorgelassen zu werden. (Ab durch die Thüre rechts.)

Salmen
Lodron
Zoës } (gleichzeitig). Tambow!
Cornelia

Lodron (geht rasch auf die Mittelthüre zu, spricht durch dieselbe hinaus und kehrt wieder zurück). Ich habe Ordre gegeben, Tambow gleich eintreten zu lassen.

Leers (zu Albine). Jetzt kommt's zum Kampf zwischen uns reineren Geistern und dem Fürsten der Hölle im Inkognito.

7. Scene.

Salmen. Lodron. Leers. Cornelia. Albine. Zoës. Tambow.

Tambow (erscheint auf der Schwelle der Mittelthüre, zieht eine Papierrolle aus der Tasche und läßt sie rasch ablaufen. Auf derselben wird eine abgebildete weibliche Figur sichtbar. Tambow hält nun dieses Plakat hoch empor und schreitet langsam gegen die Anwesenden vor, die in ihrem Spiel Bestürzung und Unwillen markiren). Ich bin gekommen abzuholen Ihr Meinung über die großartige Abbildung hier! Ich habe mich's lassen was kosten, um zu überwältigen Ihr Widerwillen gegen mein Theater. (Für sich sehr befriedigt, da er den Schrecken merkt, den das Plakat bei allen Anwesenden hervorruft.) Ah, die Affiche thut ihren Schuldigkeit! (Laut.) Meine Fräulein Ferrer, Sie sollen haben in unserem Petersburg eine Aufnahme, wie es nicht war sensationeller bei den Zwillingen von Siam. Die ganze Stadt soll sprechen übermorgen nur von der neuen Stern des Orianda-Theaters. Lesen Sie hier: Mit den größten Opfern ist es gelungen der Direction zu engagiren die berühmteste Sängerin und die gefeiertste Schönheit von Deutschland. Ist das eine Einführung bei der Publik! Und was anbetrifft den Erfolg, da seien Sie ganz unbesorgt. Die Kränze und die Händeklatscherei besorge ich selbst.

Cornelia. Dieses Plakat überlebe ich nicht. Man will mich im Costüme einer irischen Tänzerin an den Anschlag-Säulen zur Schau aushängen. Entsetzlich!

Salmen. Quälen Sie doch das arme Fräulein nicht länger. Excellenz hat Ihnen doch eine ganz anständige Abfertigung angeboten.

Tambow. Ha ha! ein Medaille für Verdienste. Soll ich mich mit ein Medaille für Verdienste lassen abfertigen, wo mir in Aussicht steht das glänzendste Geschäft? Nikagda! Ganz Petersburg wird strömen in mein Theater. Denn als Reclame erscheint morgen in den Gazetten ein Notiz unter der Ueberschrift: „Die Lieblingin der Botschaft". Darin wird erzählt, daß die weltberühmte Sängerin, Fräulein Ferrer, hat freundschaftlichste Verbindungen in den Cercles von der hohen Diplomatie, also muß sein selbst ausgezeichnet von Herkunft. Der Notiz wird circuliren durch die ganze Presse und Alle werden wollen sehen die Lieblingin der Botschaft. Und für solch' einem enormen Geschäft soll ich mich lassen abfertigen mit ein Medaille für Verdienste? Njet! Njet! Njet! —

8. Scene.

Salmen. Leers. Lodron. Cornelia. Albine. Zoës. Horvath. Tambow. Fürstenegg.

Fürstenegg (tritt von Horvath gefolgt durch die Seitenthüre rechts ein und erwidert die tiefen Verbeugungen Tambow's mit einem leichten Kopfnicken. Er hält ein großes Schreiben entfaltet

in der Hand). Fräulein Ferrer ich habe Ihnen eine etwas selt=
same Mittheilung zu machen. Bitte, meine Damen, setzen Sie
sich vorerst! (Fürstenegg nimmt auf dem Fauteuil vor der Mitte
des Diplomatentisches, das Gesicht dem Publikum zugekehrt, Platz.
Cornelia setzt sich auf den Fauteuil an der linken Kante, Zoës auf
den Fauteuil an der rechten Kante des Diplomatentisches. Tambow,
der nicht recht begreift, was die Vorbereitungen zu bedeuten haben,
stellt sich im Vordergrunde auf der Seite, wo Cornelia sich befindet,
auf. Die übrigen Mitspielenden gruppiren sich nach eigenem Er=
messen. Nachdem alle sich ringsum geordnet haben, fährt Fürstenegg
in seiner Rede fort.) Fräulein Ferrer, Ihre Angelegenheit ist in
ein ganz wunderliches Stadium getreten. Die Beschlagnahme
Ihrer Effecten durch Herrn Director Tambow hat nämlich die
Aufmerksamkeit der Polizei auf Sie gelenkt.

Tambow (befriedigt). Aha! Der Polizei? Sehen Sie,
meine Fräulein, Sie müssen sich vertragen mit mir. Ich habe
Einfluß. Der Pristaw ist mein Freund und der Gorodowói
auch . . .

Fürstenegg (fortfahrend). Dabei hat man erstlich heraus=
gefunden, daß Sie nicht angemeldet sind.

Zoës. Eine Fahrlässigkeit der Wirthin, für die wir doch
nicht verantwortlich sind.

Fürstenegg. Es wurde ferner vom Director Tambow
die Anzeige gemacht, daß Sie nicht auftreten wollten.

Tambow. So ist es. Sie sehen, mit mir ist nicht zu
spaßen.

Fürstenegg. Darnach vermuthet man, nicht etwa, daß Sie
nicht singen wollen, sondern daß Sie nicht singen können, daß Ihr
Contract gefälscht ist, daß Sie überhaupt nicht Sängerin von
Beruf sind.

Cornelia. Diese Methode der Folgerungen ist ja schauerlich.

Zoës. Bitte, wir können den Gegenbeweis singen.

Fürstenegg. Man hat auch erfahren, daß Sie sich mit
einzelnen Mitgliedern unserer Gesandschaft in Verbindung gesetzt
haben und Proselytenmachererei in höheren Kreisen, ist ein charakte=
ristisches Merkmal der Nihilistinnen. Fräulein Ferrer, Sie halten
sich ferner eine Dame von Adel als Gesellschafterin — das läßt
auf bedeutende Geldmittel schließen.

Zoës. Ich beziehe ja gar keinen Gehalt.

Cornelia. Aber mein Gott, was hat das Alles zu be=
deuten!

Tambow (betreten). Ich verstehe auch nicht mehr... Polizei muß haben mißverstanden meine Anzeige.

Fürstenegg. Durch alle die genannten Momente, zu deren Eruirung Herr Director Tambow den Anlaß gegeben hat, sind Sie (kleine Pause) politisch verdächtig geworden, mein Fräulein — man hält sie allem Anscheine nach, für eine Nihilistin — und Sie werden daher vom Polizeigouvernement aufgefordert, Peters=burg binnen vierundzwanzig Stunden zu verlassen. (Pause, Alle sehen sich betroffen an und begreifen nicht gleich).

Tambow. Das muß sein Irrthum. Die Fräulein ist ja bei mir engagirt.

Zoës (plötzlich vergnügt in die Hände klatschend). Wir sind ausgewiesen. Das ist ja himmlisch! Da gilt ja der Contract nicht mehr!

Cornelia (freudestrahlend). Wie? Ich darf Petersburg ver=lassen, ohne auftreten zu müssen —

Lobron. Sie dürfen nicht nur, Sie müssen Petersburg verlassen. —

Tambow sich bestürzt an dem Kopf fassend). Ausgewiesen? Ah, jetzt verstehe ich. Der Contract ist umgestürzt? Prawališ. (Der Ton fällt auf die letzte Silbe). Ich bin hintergangen. (Rennt wie besessen umher.) Ich überlistet, ich bin geprellt. Sélje pogánoje! (Der Ton fällt beim ersten Wort auf die erste, beim zweiten auf die zweite Silbe).

Fürstenegg. Bitte, mein Fräulein, lesen Sie selbst. (Reicht Cornelia das Schreiben, lächelnd). Der Herr Polizei=gouverneur läßt sich wegen der harten Maßregel entschuldigen — das Wohl des Staates erheischt leider solche Grausamkeit.

Cornelia (drückt das Schreiben an die Lippen). O der gütige Herr Polizeigouverneur! Wie soll ich ihm und Ihnen, Excellenz, danken. Sie haben mich gerettet. Ich werde dieses Papier unter meinen theuersten Reliquien aufbewahren. (Alle umringen Cornelia, beglückwünschen sie und sehen Einer nach dem Andern das Schreiben des Polizeigouvernements an).

Albine. Die Polizei ist ja eine ausgezeichnete Einrichtung. Ich muß nächstens zum Besten einer Polizeiwache ein Concert geben.

Tambow (demüthig zu Fürstenegg heranschleichend, der mit Leers rechts steht, während die Uebrigen links eine Gruppe bilden). Hohe Excellenz, was sagen Sie zu meiner Niederlage? Nicht wahr ausgezeichnet ...

Fürstenegg. Es ist Ihre Schuld, weshalb haben Sie die Aufmerksamkeit der Polizei auf die beiden Damen gelenkt. Wer die Polizei ruft, dem antwortet die Polizei.

Tambow (demüthig). Hohe Excellenz, aber edler Sieger ist gnädig; eine kleine persische Orden werden Sie mir doch geben als Entschädigung —

Leers. Der ist viel zu auffällig für Sie, Sie sind ein be= scheidener Mann.

Tambow (zerknirscht). Gott, er schlägt mich mit meine eigene Worten. Aber ein Medaille für Verdienste werden Sie mir bewilligen hohe Excellenz —

Leers. Aber Herr Tambow das ist eine Auszeichnung für Inspekteure.

Fürstenegg Gehen Sie! Wir werden Ihnen ein Drittel der Conventionalstrafe zusenden lassen. Und merken Sie es sich für die Zukunft, daß man unter anständigen Menschen durch Edelmuth, mehr erreicht, als durch brutale Gewalt!

Tambow (schlägt sich an die Stirn). Was war ich für ein Dummkopf, daß ich habe lassen fahren, Medaille für Verdienste und persische Orden. (Ab).

Fürstenegg (geht auf Cornelia zu und reicht ihr beide Hände). Mein armes Fräulein, ich freue mich vom Herzen, daß Ihre schweren Prüfungen ein so glückliches Ende genommen. Sowie der Termin Ihres Contractes abgelaufen ist, wollen wir energisch gegen Ihre Ausweisung protestiren und dann hoffe ich Sie dauernd hier in Petersburg zu sehen als — meine liebe Verwandte. Ich billige mit Freuden die Wahl meines Neffen. (Legt die Hände der Cornelia und Salmens ineinander.)

Lodron (zu Zoës, ihr die Hand drückend). Gnädige Frau, verehrte Freundin, Sie kehren dann auch wieder nach Petersburg zurück. Der Himmel scheint mit uns doch ganz besondere Pläne vorzuhaben.

Fürstenegg. Meine Herren Ihre Ruhepause ist noch nicht zu Ende . . . ich aber muß zur Arbeit. Gruppiren Sie sich zwanglos nach den Gesetzen der Wahlverwandtschaft, denn bis zur Abreise der beiden Damen ist die Liebesbotschaft offiziell gestattet. (Während Fürstenegg sich anschickt nach rechts sich zu ent= fernen, fällt der Vorhang.)

Schluß.

Albin Rheinisch.

www.ingramcontent.com/pod-product-compliance
Lightning Source LLC
Chambersburg PA
CBHW020041030726
47499CB00007B/2528